共和国的历程

"V"字威仪

中国国宾护卫队的成长历程

刘 亮 编写

蓝天出版社 吉林出版集团有限责任公司

图书在版编目（CIP）数据

"V"字威仪：中国国宾护卫队的成长历程 / 刘亮编写.
—北京：蓝天出版社，2014.10（2023.3重印）
（共和国的历程）
ISBN 978-7-5094-1249-7

Ⅰ.①V… Ⅱ.①刘… Ⅲ.①革命故事－作品集－中国－当代 Ⅳ.①I247.8

中国版本图书馆CIP数据核字（2014）第232645号

"V"字威仪——中国国宾护卫队的成长历程
编　　写：刘　亮
策　　划：金永吉　荆忠峰
责任编辑：孔庆春　王燕燕
出版发行：蓝天出版社　吉林出版集团有限责任公司
地　　址：北京市复兴路14号
邮　　编：100843
电　　话：010—66983715
经　　销：全国新华书店
印　　刷：北京楠海印刷厂
开　　本：710mm×1000mm　1/16
字　　数：69千
印　　张：8
版　　次：2016年3月第1版
印　　次：2023年3月第3次
定　　价：29.80元

前　言

　　中华人民共和国自 1949 年 10 月 1 日成立以来，已走过了六十多年的风雨历程。历史是一面镜子，我们可以从多视角、多侧面对其进行解读。然而有一点是可以肯定的，那就是，半个多世纪以来，在中国共产党的领导下，中国的政治、经济、军事、外交、文化、教育、科技、社会、民生等领域，都发生了深刻的变化，中国人民站起来了，中华民族已屹立于世界民族之林。

　　这段时间放到整个历史长河中是短暂的，有如弹指一挥间，但它带给中国的却是极不平凡的。六十多年里神州大地经历了沧桑巨变。从开国大典到 60 年国庆盛典，从经济战线上的三大战役到经济总量居世界前列，从对农业、手工业、资本主义工商业的三大改造到社会主义市场经济体制的基本确立，从宜将剩勇追穷寇到建立了强大的国防军，从废除一切不平等条约到独立自主的和平外交政策，从"双百"方针到体制改革后的文化事业欣欣向荣，从扫除文盲到实施科教兴国战略建设新型国家，从翻身解放到实现小康社会，凡此种种，中国人民在每个领域无不留下发展的足迹，写就不朽的诗篇。

　　六十几年在历史的长河中犹如沧海一粟，但对身处其间的个人却是并非无足轻重的。其间究竟发生了些什么，怎样发生的，过程怎样，结果如何，非人人都清楚知道的。对此，亲身经历者或可鲜活如昨，但对后来者却可能只是一个概念，对某段历史的记忆影像或不存在或是模糊的。基于此，为了让年轻人，特别是青少年永远铭记共和国这段不朽的历史，我们推出了这套《共和国的历程》。

《共和国的历程》虽为故事形式，但与戏说无关，我们是想借助通俗、富于感染力的文字记录这段历史。这套丛书汇集了在共和国历史上具有深刻影响的重大历史事件。在丛书的谋篇布局上，我们尽量选取各个时代具有代表性的或深具普遍意义的若干事件加以叙述，使其能反映共和国发展的全景和脉络。为了使题目的设置不至于因大而空，我们着眼于每一重大历史事件的缘起、过程、结局、时间、地点、人物等，抓住点滴和些许小事，力求通透。

历史是复杂的，事态的发展因素也是多方面的。由于叙述者的视角、文化构成不同，对事件的认知或有不足，但这不会影响我们对整个历史事件的判断和思考，至于它能否清晰地表达出我们编辑这套书的本意，那只能交给读者去评判了。

这套丛书可谓是一部书写红色记忆的读物，它对于了解共和国的历史、中国共产党的英明领导和中国人民的伟大实践都是不可或缺的。同时，这套丛书又是一套普及性读物，既针对重点阅读人群，也适宜在全民中推广。相信它必将在我国开展的全民阅读活动中发挥大的作用，成为装备中小学图书馆、农家书屋、社区书屋、机关及企事业单位职工图书室、连队图书室等的重点选择对象。

编　者
2014 年 1 月

目录

一、 应运而生

● 1954 年 6 月，中央人民政府下令，在迎送外国元首仪式中增设国宾车队摩托车护卫队。

● 坐在敞篷车后面那辆车里的周恩来见状非常焦急，探出车窗高声对着喧闹的人群喊："大家不要拥挤！要协助维持秩序！"

● 警灯闪闪，警笛长鸣。宽阔的十里长街上空高悬着五颜六色的彩旗，迎风飘扬。

首支国宾护卫队成立

1954 年 6 月，中央人民政府下令，在迎送外国元首仪式中增设国宾车队摩托车护卫队。

摩托车护卫和鸣放 21 响礼炮一样，是世界各国在外交活动中迎送国宾的最高礼仪之一。外国贵宾来访时，主宾国应在国宾车辆左侧和前头提供前进护卫。

国宾护卫既是外交礼仪中的一道亮丽的风景，也是外事活动中的一种特殊护卫。执行这项任务的护卫队被人们称为行进中的"护卫使者"，流动的"仪仗队"。

这个任务当时交给了北京市公安局，北京市公安局将这项特殊任务交给了交通大队。

交通大队队长李非亲自挑选了年龄、身材、相貌等条件都相当的刘长仪、凌长礼等 4 名交通民警，组成了新中国第一支国宾车队摩托车护卫队。

护卫队成立后的首要任务是训练。由于当时中国没有能力生产摩托车，拥有摩托车的部门也很少，交通大队当时没有可供训练的摩托车，用于护卫的摩托车购置费也尚未下拨。

于是，队长李非就忙前跑后地四处借了两辆旧摩托车，带着队员们开始了训练。

在当时，护卫队只是执行开道任务，还没有承担护卫的职能。外宾的安全保卫是由其他部门负责的。所以，训练的内容比较简单，只要求能驾驶好摩托车，熟悉道路情况，在执行任务时保持良好的形象。虽然训练的内容并不多，但对于驾驶经验比较少的人来说，还是比较困难的。

4名民警很刻苦，3个月后，他们的起步停车、窄路驾驶、弯路驾驶等驾驶技术就非常娴熟了。这时，李非队长又带着队员们选购摩托车。

挑来选去，最终选择了捷克的"佳娃"红色两轮摩托车。李非和他的同事们认为，这款车型比较适合中国的国情，样式美观，结构简单，操纵方便，耗油少，速度快，各项性能指标都不错。

摩托车选定后，为了节约开支，队员们不另制作服装，就着平时执勤时穿的制式警服。

当时的警察制服是全国统一的50式人民警察服装，米黄色制式布警服，白套袖，棕色牛皮带，白布裹腿，黑皮鞋。

在摩托车护卫队正式开始"处女行"之前，队员们首先在北京的主要街道上实地演练。

适逢1954年国庆节假期的第一天，李非队长乘坐一辆侧三轮摩托车，引领着他的摩托车护卫队驶上街头。当摩托车的声音在长街上响起时，一下子就吸引了街上人们的目光。

正是北京最好的季节，天高云淡，日和风清，又逢

应运而生

节日，北京街头处处张灯结彩，欢乐的市民们人来人往，人人脸上荡漾着笑容。

4 名身着米黄色警服、白套袖、白绑腿、黑皮鞋的摩托护卫队员，各自驾驶一辆崭新的红色两轮摩托车。

新中国第一支摩托车护卫队的装束和装备很惹眼。鲜艳的色彩，威风的警察，让所有路过的人不由自主地驻足观看。

那时，北京街头只有为数不多的有轨电车和公共汽车，很少见到摩托车，特别是没见过全副武装的警察驾驶摩托车出现在街头。

摩托护卫队的出现，的确让北京的市民开了眼，也引起了市民们的热烈讨论。

在一个小茶馆里，两个市民为自己发现的"新鲜事"争论起来。

"今天前门楼子跑起了解放军的摩托车，那阵势，真是风光极了！"

"呦！今儿怎么没在家猫着啊！多少日子没见您了！合着单等着今天看街景哪！啥解放军啊！那是警察！你整天在家里待着，连警察和解放军都分不清了？"

"哦！那'电驴子'也真新鲜，红色的，'突突'直响，还一溜烟儿，这共产党也换洋玩意儿了！开这玩意儿能抓坏人吗？离老远就瞧见了，还不早撒丫子'颠儿了'？"

"哈哈，又现眼了不是？电匣子里早就说了，那是国宾摩托车护卫队，是给到咱国家来的外国大干部开道的。咱国家真是强大了，前清那会儿，都是打着伞的御林军，最多骑马，哪像今天，马都换成铁的啦！哈哈……"

茶馆里茶香满屋，笑声不绝于耳。茶馆门口的屋檐下，一面鲜艳的五星红旗迎风招展，在灿烂的阳光中徐徐飘荡。

在人们的注目中，摩托护卫队在北京城区各条大街上风风光光地演练了 3 天，熟悉了迎宾路线，也熟悉了摩托车性能。

应运而生

第一次执行开道护卫任务

1954 年 10 月 19 日，印度总理尼赫鲁和女儿英迪拉·甘地夫人访华。我国决定对国宾实施摩托车护卫。

任务下达到摩托车护卫队，外交部的同志反复向队员们交代了这次任务的意义和重要性。

印度是第一个同新中国建立外交关系的非社会主义国家。1949 年 12 月 30 日，印度总理兼外长尼赫鲁致电中国外长：

> 承认中华人民共和国中央人民政府是唯一代表中国人民的合法政府，宣布同国民党政府断绝外交关系，愿意同中华人民共和国建立外交关系。

这对打破当时世界上风起云涌的反华浪潮具有十分重要的意义，因此，引起了党中央的高度重视。

1951 年 1 月，毛泽东专门出席了印度驻华使馆的国庆招待会。通过印度这个窗口，新生的人民共和国向世界宣布了自己的外交主张。

1953 年，周恩来在同印度政府代表团谈话时提出了令全世界注目的"和平共处五项原则"。后来，"和平共处五项原则"正式写入双方达成的《关于中国西藏地方和印度之间的通商和交通协定》的序言中，并成为中国外交政策的原则。

1954 年 6 月，周恩来访问印度，两国在随后的日内瓦会议上进行了卓有成效的合作，周恩来和印度尼赫鲁总理的联合声明以及此后的许多国际性文件都采用了和平共处五项原则的提法。

五项原则作为国与国之间关系的准则，在世界上得到广泛的承认和使用。

此次护卫是国宾护卫队的第一次行动，公安部对护卫队员们提出要求：

此次尼赫鲁应邀对中国进行正式访问意义重大，虽然是第一次执行任务，但护卫中不得出现任何闪失。

10 月 19 日，4 名摩托车护卫队员正式披挂上阵了。

尼赫鲁总理一行在西郊机场下飞机后，受到周恩来等党和国家领导人的迎接，双方领导人拥抱握手，然后乘车前往市区。在去往市区的路上，1 万多名群众挥舞着鲜花和旗帜夹道欢迎。

护卫队员们按照事先演练的既定动作，适时启动摩托车，待周恩来和尼赫鲁总理上了敞篷汽车后，4 辆摩托护卫车左右相护，缓速驶离西郊机场，一路安全送达

应运而生

前门东交民巷8号饭店。

新中国采用了国际上的惯例，派出摩托车护卫队，显示出新中国并非与世界格格不入。护卫队员们挺拔的身姿，娴熟的技术，以及其中所包含的深意，让尼赫鲁不住地点头。

第一次顺利完成摩托车护卫任务，赢得了中央领导同志的称赞，摩托车护卫队员们的自豪心情更是溢于言表。

因此，以后的训练更加刻苦了，任务完成得一次比一次出色。

在执行护卫任务中成长

1957 年 4 月 15 日，苏联最高苏维埃主席团主席伏罗希洛夫元帅一行来北京访问，中央给予他最高规格的接待，派出摩托车护卫队沿途护卫。

伏罗希洛夫在中国驻苏联大使刘晓的陪同下，一走下"图－104"喷气式飞机，机场内外立刻鼓乐喧天，热烈的气氛感染了所有的苏联客人。

毛泽东、刘少奇、周恩来、朱德等中央领导人与苏联客人亲切地握手，并按照苏联的礼仪与苏联客人热情拥抱。

为了欢迎伏罗希洛夫，中央安排举行了极为隆重的首都百万人夹道欢迎友好使者的仪式，欢迎队伍由南苑机场经永定门、天安门一直绵延到新华门。

北京市政府为此特意提前重修了南苑机场，拓宽了机场通向北京市区的道路。摩托车护卫队也扩大了阵容，摩托车护卫队由最初的 4 人 4 车扩大为 7 人 7 车，显得更加庄重威严。

毛泽东和伏罗希洛夫登上了同一辆敞篷车后，摩托车护卫队排成标准的"A"字形队列，将车队围在中间。头车探路，后两辆处理国宾主车前方可能出现的情况，国宾主车左右的两辆摩托车负责主车两侧可能出现的突

应运而生

发情况，另外两辆摩托车则紧随国宾主车后两侧。

摩托车护卫队引领着庞大的国宾车队离开了机场。

车队一路风驰电掣地驶向市区。黑色敞篷车上，身着浅色中山装、头戴解放帽的毛泽东特别显眼。身着深色西装、头戴礼帽的伏罗希洛夫也很激动，他不时地向沿途的群众挥动礼帽。

沿途欢迎的人群多数从未在如此近的距离上看到敬爱的毛主席，他们出于对毛主席的爱戴而异常激动。

国宾车队所经之处，庞大的夹道欢迎队伍人声鼎沸，鼓声雷动。特别是前门大街、天安门广场、长安街至中南海新华门路段，欢迎的人群本已稠密，加之往来路人，人们见到毛主席和伏罗希洛夫乘坐的敞篷车后，群情更加振奋，纷纷拥过来。

国宾车队行至劳动人民文化宫南门前时，由于迎宾群众越来越多，挤占了公路，车队速度不得不减慢。车速慢下来，聚集的人越发地多。

此时，毛泽东和伏罗希洛夫站立在敞篷车上，热情地向欢迎的人群招手致意，并不时停下车接受欢迎群众的献花和抛撒花瓣。

人们欢呼跳跃，情不自禁地高呼：

毛主席万岁！

毛主席万岁！

人们不顾执勤公安民警的阻拦，拥向毛主席和伏罗希洛夫乘坐的敞篷车。人群如潮水一般从道路两侧涌了上来，到处是兴奋的面孔，到处是兴奋的呼喊。

道路被人群切断了，敞篷车两侧的护卫摩托车也被挤倒，有的护卫队员被摔伤，有的被摩托车汽缸烫伤。护卫队员急得满头大汗，想用摩托车挡住汹涌如洪水的人群，但摩托车也被挤倒了。

毛泽东和伏罗希洛夫乘坐的敞篷车被迫停在路中央。看到此情此景，坐在敞篷车里的毛泽东多次站起来，一边向人群招手，一边用很浓的湖南口音高喊：

　　人民万岁！

　　中苏友谊万岁！

听到毛主席的喊声，群众的情绪更加高涨，前面的人想离得更近，后面的人一个劲儿地向前挤，中间的人想停都停不住。车队眼看就要被人群淹没。

坐在敞篷车后面那辆车里的周恩来见状非常焦急，探出车窗高声对着喧闹的人群喊："大家不要拥挤！要协助维持秩序！"

见此情景，公安部长罗瑞卿及时调来了警卫力量。公安民警和公安总队的战士手拉着手，竭尽全力把人群往后推。

公安民警冲了上来，大喊着让人群疏散，让人们冷静下来。护卫队员们在维持秩序的公安民警的帮助下，奋力搬起摩托车，挡在敞篷车两旁。

值勤的公安民警和公安总队的战士组成人墙，有的护住毛泽东和伏罗希洛夫乘坐的敞篷车，有的手拉手把人群往后推，努力清出道路。

敞篷车慢慢向前移动，缓缓前行到南长街南口时，公安部和北京市公安局急调的警卫人员赶来，拥挤的人群被疏散，道路得以疏通，国宾车队才得以快速驶入中南海。

这次前所未有的事件，导致毛泽东和伏罗希洛夫乘坐的敞篷车被堵塞时间长达 15 分钟，虽未发生危险，却成为一个极其深刻的教训，迎宾指挥部等有关部门为此受到严厉的批评。

事后，首都迎宾指挥部、北京市公安局、公安总队召开专门会议，总结教训，并研究改进迎宾方案。

从此以后，在迎宾活动中适当减少了夹道欢迎的群众数量，还把沿途向贵宾抛撒花瓣和献花，改为在与国宾车队一定距离内挥舞花束、彩带的方式。有关部门从此特别强调了摩托车护卫队的"护卫"职能，摩托车护卫队伍增大，装备也有所改善。

经过几年的摸索总结，国宾摩托车护卫队的业务技能日趋提高，此时中国也研制生产出了国产"长江 750"型摩托车。

1961 年春，北京市公安局交通管理处直属中队训练的第二批国宾摩托车护卫队员完成训练任务，接替了第一批护卫队员。

第二代摩托车护卫队员共 15 名，驾驶的全部是国产"长江 750"型摩托车，队员春、秋、冬季着 59 式藏青色警服；夏季则着白上装，戴白色头盔，穿黑皮鞋。摩托车护卫队阵容从 7 人 7 车增至 9 人 9 车。

首次驾驶国产摩托车担任的国宾护卫队领航护卫任务，是护卫 1961 年 6 月 10 日以范文同总理为首的越南民主共和国政府代表访华团。

摩托护卫队严格按照新的护卫方案执行护卫，此次任务完成得非常圆满。

后来，由于我国花费在对外礼仪上的人力、物力、财力较大，政府逐步对礼宾制度做了一些改革，取消了专机护航的做法，但是依然保留了国宾车队摩托车护卫。

应运而生

国宾护卫队走向专业化

1977 年，经中央批准恢复中断了 11 年的摩托车国宾护卫礼仪，在当年的 9 月开始实行。

国宾护卫队由北京市公安局交通管理处组建，每次派出 5 辆摩托车担负护卫任务。

但是，因为我国的摩托车质量较差，在与外宾车队同行时不能同步，这就影响了整个车队的速度，又被迫取消。

1981 年 9 月，经国务院批准，国宾车队摩托车护卫队重新恢复。恢复后的国宾摩托车护卫队依然由北京市公安局交通管理处直属中队的交警担任。

这已经是第三代国宾车队摩托车护卫队了。

第三代摩托车护卫队较之前两代，有了飞跃的进步，已经迈上了国际专业摩托车护卫队的道路。护卫路线也由过去的只护送城区路段改为全程护送。城区路段为 9 辆摩托车护卫，城区外减少到 5 辆。队伍也由过去的 15 人壮大为 30 人。

第三代摩托车护卫队首先改变了过去的"有任务时护卫，无任务时上勤"的非专业状况。

第一、第二代国宾摩托车护卫队员，都是从有一定工作经验的普通交通民警中挑选。那时的国宾护卫任务不是很重，有了任务，就集中队员训练后投入护卫工作；没有任务的时候，队员们依然在原岗位上从事交通民警任务。

第三代摩托车护卫队员则是有勤务时上勤，无勤务时训练基本功。在国宾面前，队员们的形象代表中国，所以为了保持凛凛威风，队员们冬天不能穿棉衣，夏天不能穿单衣，四季都要头顶沉重头盔，身穿笔挺的毛料礼服，脚蹬厚重的马靴。

其次是改过去"开道"功能为"礼仪护卫"。队员们全部是从北京市公安局在职年轻民警中遴选出来的。他们身材矫健、相貌英俊、政治素质好、驾驶技术优良，身着量身定做的警用礼服，脚蹬马靴，驾驶的是 1981 年公安部特别为国宾护卫制作的泰山牌摩托车，佩带当时国内最先进的通讯器材。

重要外宾来访时，摩托车护卫阵容增至 11 人 11 车，组成倒"V"字队形，头辆车搜索前方路面、向后传达信息，其后的四辆摩托车观察处理车队左右侧出现的情况，中间四辆保护国宾主车，引领着国宾车队，威武洒脱地行驶于长安街上。

每每这时，摩托车护卫队就成为北京街头一道亮丽的风景。他们整齐优美的队形，娴熟的驾驶技能，常常得到国宾们的由衷称赞。

这让所有国宾护卫队员们感到无比光荣，但更让国宾护卫队员们感动的是，国家主席在钓鱼台国宾馆宴请

应运而生

他们。

1987 年 9 月 16 日，是国宾护卫队员们永远难忘的日子。在他们完成迎送国宾任务 287 次之际，国家主席李先念委托外交部长吴学谦，让有关部门给他们发来请柬，特意邀请国宾护卫、仪仗队、军乐团到钓鱼台国宾馆参加国宴。

钓鱼台国宾馆被人们称为"第一国门"。它坐落在阜成门外玉渊潭东岸。这里原是一座皇家花园，园内古树参天，小桥流水，一派江南风光。

每次来华访问的外国元首、政府首脑一踏上中国领土，都在这里下榻。这里是让人神往的地方。

但是，每次国宾的车队进入后，国宾队员们却拖着一路的辛劳，驾车返回营地。多少次，他们梦想着能进钓鱼台一趟。

国家主席以接待外国元首的标准特招普通的武警战士，这不能不说是他们一生中最大的荣耀。

13 个名额该谁去呢？这可是大家都梦寐以求的呀！队长王申三——征求大家的意见时，大伙却你推我我推你，表现出很高的姿态。最后召开支委会，才研究定好名单。

走进钓鱼台国宾馆，走进 16 号楼宴会厅，看见那闪烁的灯光，橘黄色的地毯，队员们就像《红楼梦》里的刘姥姥走进大观园，一切都感到新鲜。

吴学谦外长来了，他身着笔挺的黑色西装，站在麦克风前，发表了简短的讲话之后，便端起酒杯，向赴宴的代表——干杯祝酒。

　　来到护卫队员的桌前时，吴外长面露微笑地说："祝同志们在工作中取得更大成绩，李主席让我转达对你们的问候。"接着他又诙谐地说："这是接待国宾的规格，特意为大家准备的，一定要吃饱吃好。"

　　当护卫队员们端起酒杯时，大家都激动地流出了泪水。

　　宴毕，吴外长又与队员们一一握手，并合影留念。

应运而生

国宾护卫任务交由武警承担

1982年6月24日，北京市公安局交通管理处给市局报告，针对国宾护卫任务提出了四条困难：

一是新东路口到机场一段路，由于路面宽窄不均，车辆来往较多，无法错车，不能搞摩托护卫。

二是摩托车技术状况不好，公安部特制的泰山牌摩托车的质量仍不过关，无法与国宾车队的高级轿车同行。而且，摩托车时速达到60公里时，车身就打晃，抖动不稳，亟须装备日本"本田牌"摩托车。

三是执行任务的民警的服装太差，遇到寒冷天气无法执行任务。

四是摩托车护卫队没有专门的班子，队员的摩托车技术比较差。一些队员在执行任务时感到体力不支，腿脚麻木，需要组建专门执行国宾护卫的摩托车护卫队，使之训练有素。

虽然困难重重，但为了适应改革开放国家迎宾的需要，北京市交通管理局又咬牙坚持了近一年。其间，为了不影响国宾车队的行动，摩托护卫只在行驶速度较慢的城区实施。

但是，作为外国友人看中国的第一个窗口，既没有专业设备，又没有专业队伍的状况是不能持续下去的。为此，在1983年4月1日，公安部、外交部又请示国务院：

> 前一阶段，由于现有摩托车的性能差、速度慢，影响了国宾车队的速度，故临时决定国宾抵京时，摩托车护卫队只限于城区护卫，由机场路至城区间没有护卫。
>
> 这种做法给人一种不够正规的感觉，在礼仪上也有欠缺，因此有些国家的国宾对摩托车只护卫半程提出疑问。
>
> 现在，公安部已有一批日本摩托车，可按计划由机场开始护卫，但因机场至城区间有的路段狭窄，只能安排5辆摩托车护卫，待行至城区后，再增加到9辆。

4月4日，中央批复了这个请示，并立即开始实行。

此时，由于车辆质量、路况、护卫队员的摩托车技术等原因，护卫队几乎是走走停停，很不正规。

共和国亟须组建一支专门的国宾护卫队，执行国家的最高迎宾礼仪。

1984 年 6 月，经中央批准，国宾护卫的任务由北京市交通管理处移交给武警北京一总队某部。在上级领导的亲切关怀和大力支持下，武警北京一总队成立了专门的国宾护卫队——三中队。于是，这副重担落在了武警北京一总队干部战士肩上。

队员们接到命令后，把制服洗烫平整，叠好，把摩托车擦拭干净，于 1984 年 7 月郑重移交给武警北京市总队。至此，由北京交警担任了近 20 年的国宾摩托车护卫任务结束了。

队员们难免留恋，但更多的是欣慰和自豪。中华人民共和国的国宾车队摩托车护卫从无到有，从小到大，有过三代护卫队员的血汗，担任国宾车队摩托车护卫任务近 20 年，没发生大的失误和事件，他们把北京人民警察的忠诚和智慧书写在祖国的迎宾史册上。

还有，他们摸索出的一套行之有效的训练和护卫经验，为武警摩托车护卫队员们所传承。

国宾护卫、鸣放礼炮、检阅三军仪仗队是国际礼仪活动中的三大最高礼仪。作为外国元首踏上中国的第一道礼仪，即摩托护卫，护卫队员不仅展示国家的威仪，同时还肩负保卫国宾途中安全的艰巨使命；护卫队员不仅要有娴熟的驾车技术，同时还要在高速行驶中随时准备应付突发的任何事件，不允许出现一丝一毫的差错。

　　　　护卫重于生命，形象高于一切！

　　这是国宾护卫队员庄严的誓词。为捍卫国家的荣誉与尊严，为实现自己人生中这一最大的光荣与梦想，年轻的护卫队员奉献的不仅是青春、汗水，甚至是热血和生命。

　　1984 年，国宾护卫的重任落在武警北京市总队五支队肩上，他们先后三次更换宝马摩托车。

　　国宾护卫队只对外国元首、政府首脑抵离京途中，前往人民大会堂参加欢迎仪式或者前往人民英雄纪念碑献花圈时实施摩托护卫。

　　1984 年 8 月 5 日，是新成立的武警国宾护卫队队员终生难忘的日子。

　　这天，队员们正式上路为国宾护卫，来访的国宾是朝鲜民主主义人民共和国总理姜成山。

　　警灯闪闪，警笛长鸣。宽阔的十里长街上空高悬着的五颜六色的彩旗，迎风飘扬。

　　11 名头戴白色护盔，腰挎手枪、警棍，脚蹬齐膝高筒皮靴，手戴一尘不染的雪白手套，身着橄榄绿色的马裤呢毛料警服的护卫队员，驾驶着乳白色的高级摩托车，呈倒"V"字形紧紧护卫着来访的国宾车队。

　　这是护卫队员们精心设计的队形：头车用于搜索路面情况、传达周围和前方的交通信息，紧跟其后的 4 车用于处理左右侧出现的突发情况，中间 4 车用于保护国

应运而生

宾主车的安全，殿后两车用于机动。

如利剑似雁阵的队形体现了中华民族的文化传统、礼仪之邦的特有风采，沿途之中对国宾形成了坚强的保护屏障。第一次护卫，队员们就以精湛的驾驶技艺和端庄的仪表赢得了中外人士的高度称赞。

从此，每当外国元首和政府首脑抵离北京，浩浩荡荡的贵宾专车前后总有 10 多位身穿橄榄绿警服、戴头盔的帅气小伙子，威风凛凛地驾驶着宝马摩托车，风驰电掣般地行进在宽阔的首都机场高速路或平坦的长安街上，来来往往于天安门广场、人民大会堂和钓鱼台国宾馆等。他们就是享誉世界的中国礼仪部队，即武警北京总队国宾护卫队。

二、 艰辛训练

● 一滴汗水落到汽缸上，一缕热气升起来。汗水浸透了背心、衬衣和厚厚的礼服，在前胸和后背浸出一片水渍。

● 一个队员的车子倒了，没有人会去帮忙，因为这是在训练场上。教官会在远处冷冷地看着，不时大声地吼着："把车扶起来，快！""怎么像个小姑娘，连车都抬不起来！"

● 马得收却瞅着摩托车赌气地说："我就不信这个邪，我今天非把你拿下不可，看看谁比谁狠！"

高标准练坐姿

在北京长安街头，人们常常可以看到这样威武壮观的迎宾场面：11 名国宾卫士身着橄榄绿礼宾服，头戴白色头盔，脚蹬锃亮乌黑的高筒马靴，腰佩特种手枪、警棍，驾驶着 11 辆乳白色宝马摩托车，呈倒"V"字队形，护卫着来华访问的外国贵宾乘坐的车队，浩浩荡荡地穿城而过。

护卫队员们娴熟的驾驶技术、优美的驾车姿势、转弯时流线般的造型把威武、雄壮、速度和力量写成一个"美"字，给京城打造了一道亮丽的风景。

在国宾面前，我们代表着中国！

这是国宾护卫队员满怀豪情的话语，其中有他们对祖国的郑重承诺。

为了这个承诺，他们付出了常人难以想象的代价。

进了护卫队，就意味着今后的生活将与严酷的训练为伴了。

在国宾护卫队，一个新兵最先学习的不是开车，而是坐车。坐姿训练是基础训练，无论寒冬酷暑，队员们每天都要全副武装地在摩托车上坐 3 个小时以上。

对于坐车，国宾护卫有规定的姿势。护卫队员坐在车上，要求头正，颈直，下颌微收，两眼平视前方，腰板与车身成 90 度角。

这看起来容易，但要做到可不是件容易的事情。

夏天，在室外温度 37 摄氏度、地表温度 51 摄氏度的情况下，队员们依然要头戴白盔，身着厚厚的制服，脚穿皮靴，将腰杆挺得笔直坐在摩托车上，就连脖子甚至眼睛的视线都不能有一丝歪斜。

三伏天的北京城，酷热难熬。坐在屋里汗还一个劲儿地淌，更何况在毫无遮掩的大操场上！

烈日炎炎下，队员们两眼平视前方，两手紧握车把，骑在发烫的摩托车上，头戴二三公斤重的头盔，身穿里外两层的礼宾服，脚上是厚重的齐膝马靴。头上太阳烤，地上热浪蒸，屁股底下发动机焐，身上就像开了闸的水库一样哗哗地流汗。

头盔里的温度达到 40 多摄氏度，汗水顺着脸颊像小河一样往下淌，痒痒得像有小虫子在咬，但是队员们不能动。一滴汗水落到汽缸上，一缕热气升起来。汗水浸透了背心、衬衣和厚厚的礼服，在前胸和后背浸出一片水渍。

两个小时下来，皮靴成了水靴，脱下来一倒，能从中倒出半碗汗水。

为了维护国家的荣誉与尊严，护卫队员们视形象为生命，着装从来是"夏不穿单，冬不穿棉"。在寒冷的冬季进行坐车训练时，队员们冻得浑身发抖，连牙齿也抖

艰辛训练

得不停地"打架"。训练结束时，队员的手几乎冻僵了，好半天松不开车把，即使从车把上松开了，手还是握把时的形状，要缓上一阵才能伸展开。

为了练出挺拔的身姿，护卫队员们除了进行坐车训练，还十分注重军姿训练。这种训练已经超出了训练场，渗透到了他们的生活中。

队员石建强，一米八四的大个子，开惯了三轮摩托车，养成了身体前倾的习惯，上了护卫车，腰板总也挺不直，好像"趴"在护卫车上。这显然不符合要求。

为了校直腰板，石建强每天坚持做俯卧撑，并找来两块木板用背包绳紧紧绑在前胸和后背上，平时活动都背着木板，就连吃饭、睡觉都不松开。夜里后背疼痛难忍，他就侧身休息一会儿，然后又直挺挺地躺平。

肌肉和木板较劲儿当然吃亏。没多久，他的后背就磨出了血，流到了床单和被子上。

战友们看到他血迹斑斑的被褥，都心疼地抢着帮他洗，用药水轻轻地为他擦洗伤口。有时，战友们听到他翻动身子的声音，就走到他跟前悄悄地说："你要是实在受不了，就哼哼几声吧。"

4个月后，石建强终于改掉了身体前倾的毛病，坐在车上像雕像一样挺拔。

队员边艳亮上了护卫车，头总是往右偏。为了纠正这个缺点，他在衣领的右边扎上一排大头针，头一偏大头针就毫不留情地扎一下提醒他：头偏了！

有一次，边艳亮正在训练场上进行坐姿训练，他的哥哥出差来部队看他。来到训练场上，见边艳亮背上捆着木板坐在车上。连喊两声，边艳亮好像没听见，坐在车上纹丝不动。

他哥哥凑近一看：呀！衣领上插满了大头针。脖子上还有数不清的小血点。"这是练的哪门子功夫？莫非兄弟犯了错误？"边艳亮的哥哥犯疑了，只好蹲在旁边等弟弟。

两个多小时过去了，边艳亮走到哥哥的身边，哥哥连忙问是怎么回事。边艳亮挠着后脑勺，不好意思地向哥哥解释，这才消除了哥哥的疑虑。

临走时，边艳亮的哥哥高兴地拍着他的肩膀说："兄弟，你是好样的，我真为你高兴！"

在太阳炙烤着的训练场上，一位年轻的小伙子端坐在训练车上，满脸汗水，他纹丝不动，远远望去似一座雕像。他叫田小法，此刻正在练"坐功"。

坐姿训练是国宾护卫队队员首先必须通过的一个基础课目，要求真正达到"坐如钟"的标准，在执行护卫勤务中，真正坐出警威国威来。从形体的要求来说，田小法称得上是一个标准的护卫队员。他身高 1.78 米，体重 76 公斤，脸部棱角分明，英俊潇洒，眼睛机灵有神。却生就一个爱说爱动的猴子脾气，人称"屁颠儿"，平时和战友们侃不上两句话就要手舞足蹈一番，坐下不到 3 分钟就得起来转悠两圈，没一点老实劲儿。那让他练起

艰辛训练

坐功来，可真有些难为他。

开始，队员们一坐就是两个小时，不带吭声的，可田小法坐不到 10 分钟，还没进入角色，就撑不住了，要下来活动活动，从没坚持过半小时。

一连三天，队长瞅着默不作声。到了第四天，队长板下脸来，严厉地吼道："再不行就下去，充什么数？"

小田羞得满脸发烫，随之犟劲儿也上来了，心想："哼！偏不下去，我不信自己不行。"从此，他还真暗下了狠心。再进行训练时，他一本正经地端坐在车上，两腿夹紧车身，背上绑着十字架，强迫自己的身板挺直，微收下颌，正头，衣领上别上大头针，两眼平视前方。

强烈的太阳光针般刺向他的双眼，又酸又痛，他硬是眼不眨。汗水像淋浴时的水一样从头上脸上灌进脖子，流到脚下，浑身如同爬满了虫子，那滋味，痒痒的，黏糊糊的，但他努力克制自己不去挠一把或稍微蹭一下身子。

当战友们休息时，田小法便独自一人来到训练场上接着练。有一次练着练着，忽然，狂风大作，乌云压顶，顷刻，暴雨倾盆，可小田的身子仍与车身始终保持 90 度的直角，纹丝不动，如钢浇铁铸。

在好几次训练后下来，田小法腰直得都弯不下去，队员们帮着轻轻摇动摇动。

功夫不负有心人，在后来举办的几次"坐功"比赛中，小田总是拿第一，"屁颠儿"的美名从此也没人再叫。

超极限推车跑

除了蒸桑拿一样的坐车训练，还有一项训练总是让护卫队员们汗流浃背，就是推车训练。

一名合格的护卫队员，必须具备超强的体力与耐力。推车训练是新队员的必修课，每人每天都要推 400 多公斤重的护卫车跑 25 公里以上。像这样的训练，每个队员几乎都达到了身体的极限。

推车训练是一项最基本的课目，目的是增强队员的体力和臂力。这项训练是所有课目中最为枯燥的。练时一般都选在夏天进行。训练内容很简单，要求队员推着摩托车围绕 400 米的操场跑上十几圈。

摩托车车身长 2 米，宽 1.5 米，重 475 公斤，放在地上需要两个小伙子很吃力才能扶起来。这无异于负重千斤跑马拉松。一次训练下来，队员身上的衣服早已湿透。

在推车训练时，队员们不仅要和自己比赛，还要和摩托车"战斗"。摩托车重近千斤，推着车跑比负重长跑还累。当队员们体力达到极限的时候，摩托车就成了一个"淘气"的孩子，怎么都不听话，"指东打西"地和队员闹"别扭"。

新队员朱刚对这样的训练还不太适应，推车跑的速度越来越慢，转弯时车子不慎倒下，筋疲力尽的朱刚连

艰辛训练

扶了几次才将车子重新扶正。

训练场上常常可以看到这样的情景，一个队员累得精疲力竭，摔倒在地，摩托车躺在训练场上。队员喘着粗气从地上站起来，连续几次也抬不起摩托车，最后大喊一声抬起摩托车，继续训练。

训练过程中，最怕车子倒了，特别是在训练快要结束的时候。这时候，队员们都已经极度疲乏，训练刚开始时还可以勉强一个人把摩托车抬起来，但这个时候要想把车子一个人抬起来，真是难上加难。

一个队员的车子倒了，没有人会去帮忙，因为这是在训练场上。教官会在远处冷冷地看着，不时大声地吼着："把车扶起来，快！""怎么像个小姑娘，连车都抬不起来！"

此时，队员必须坚持住，咬牙把车扶起来。这并不是有谁特意要求他这样做。在这样一个代表国家的光荣集体里，每个队员都在展示着中华民族的顽强和不屈。

曾担任队长的施霞光说，在国宾护卫队，没有一个队员身上没有"病"的。肩周炎、腰椎间盘突出、脚气、颈椎病、关节炎等是队员们的职业病。有的队员关节炎严重到夏天不能吹电扇。

超强度练驾驶技术

护卫队员首先要掌握的驾驶技术,是起步车速不能低于 60 公里,前后距离必须保持 3 米。训练场上是露天的黄土地,摩托车驶过的时候黄土漫天飞舞,视线极不清晰,但是,在这样的环境里,护卫队员每天要驾车行驶 100 多公里,而且还要保持头脑清醒,能够处理各种突发事件。

虽然训练强度超大,但国宾护卫队战士们的伙食标准和待遇与其他武警部队一样,都是三菜一汤。每天吃过午饭的午休时间,除了值日的战士要仔仔细细地打扫营房外,其他战士或是睡个午觉,或是看看书听听广播。

要成为一名合格的护卫队员,必须经过 4 年的艰苦训练和大小 37 次严格的心理测试与技术考核,并且其淘汰率为 60%。

驾驶技术考验为:

一是起步停车,要求起步平稳、停车定点,并做到车停与脚落地完全同时。

二是直线驾驶,沿公路中心线行驶,左右偏差不能超过 5 厘米,前后车距必须保持在 1.5 米。

三是压线训练,即在路面上画上白线,模仿隔离带行进训练。要求车轮必须从始至终压在白线上不走样。

艰辛训练

四是挡位变换训练，护卫车共有 5 个挡位，在变换挡位时，油门、离合到位，齿轮不出杂音，换挡平稳熟练。

五是弯路行驶，不仅要求队员保持高速行驶，而且车身必须平稳，身体与车体倾斜度一致。

六是紧急起步停车，平路要求 50 米内从起步行驶到 35 米时，达到最高速 5 挡，然后在 35 米到 50 米达到最低挡，直至停下。

七是编队驾驶，主要是一路、二路、三角队形训练，三角要求两边完全等腰。

八是情况处置，要求官兵无论遇到什么情况，都能做到灵活处理，在时速 100 公里的情况下能捡起路上的一支钢笔。

九是道路驾驶，要求护卫队员对路面情况和交通常识必须熟悉。

十是斜线起步停车，要求车辆倾斜一致，与地面夹角为 45 度，而且速度快、位置准、弧线重合。

十一是执勤模拟训练，主要是让队员熟悉执勤地形，适应风雨雪等各种恶劣环境。

另外，还要熟练掌握过高架桥、悬轮过独木桥、飞车过断桥、行车交换驾驶员、360 度急掉头等摩托车驾驶高难动作，练就擒拿格斗、准确射击、快速应变等绝技。

百折不挠练特技

摩托护卫要求时速保持在 100 到 140 公里之间，不仅要与国宾主车保持固定的距离，而且还要保持完美的队形，同时在遇到任何危及国宾安全的情况下，能够迅速作出反应，灵活处置。

为实现这个目的，护卫队训练时要求头车在公路中心线上行驶偏差不超过 5 厘米，前后车距始终为 1.5 米。为达到这个要求，队员们拉上线严格操练，严格做到快速行驶 200 米不脱线，500 米队形不走样。

护卫队员们从刚入队开始，都要进行从原地驾驶到直线慢、快速起步停车，由斜线慢、快速起步停车，到基本队形的综合演练。讲究的是静似平湖行舟，快似风驰电掣。

训练是十分艰苦的。护卫车刚起步行驶，加油过小，就会熄火；如果加油过大，有被甩下来的可能。在训练过程中，每个队员都必须十分熟悉自己的坐骑，否则它就会"发脾气"。

队员程兰星在一次训练中，由于加油过大起步太快，一下子被甩出 10 多米，摔得鼻青脸肿，眼睛也暂时"失明"了，可他打盆凉水冲洗一下又上阵了。

在训练课目中，有一个让队员们吃尽苦头的"压线"，即"窄路驾驶"训练。

自从迎送国宾线路由过去的全封闭改为半封闭，只清空两个车道后，国宾护卫队的空间就变小了。有时，护卫车队与地方车辆间只有几十厘米的距离。

为了不与地方车辆发生碰撞或刮蹭，官兵们创造出了在 20 厘米宽的路面上快速行驶的"窄路驾驶"训练法，使问题迎刃而解。

在公路上，有条 10 厘米宽的白线，这个宽度和摩托车轮子 15 厘米的宽度相差无几。而训练课目规定要求，摩托车以每小时 110 公里的速度行进时，队员必须保证 5 公里内车不离线。

这就要求队员既要有娴熟的技巧，还要有过人的力量。车辆高速行驶的时候，在惯性的作用下车把的力量很大，要想保证车不离线是很困难的，而护卫头车在道路中心线上行驶，经常遇到中心线有一条纵向高低不平的窄沟，稍有不慎就会车翻人伤。

为了练就过人的臂力，队员们想出了很多办法。俯卧撑是基本课目，有的队员一做就是 200 多，还有的队员用砖头给自己"加班"，有的队员则靠墙倒立"开小灶"。

在熟悉了坐骑的"脾气"后，队员们不仅和坐骑"斗勇"，还和坐骑斗起了"心眼儿"。他们通过调整速度，调整身体的重心，实现车辆重心的微调，从而保持摩托车的稳定性。

在训练过程中，队员们用自己的智慧和意志与钢铁进行较量。

"唉，又偏了!"队员韩守宏跳下车拍拍自己的后脑勺。他记不清这是第几次拍自己的后脑勺了。地上的白灰线已经让尘土盖了起来，他干脆跑回班里，拿来几根背包绳接起来拉起一条线。

"练! 没说的!"他又敏捷地跳上了车。

背包绳断了，接起来；又断了，再接起来。实在没法用了，韩守宏就跑到自由市场上买来尼龙绳拉成线练。

由于训练时间长，韩守宏的大腿内侧被摩托车汽缸的高温烫伤，顾不上去医院治疗，伤口感染化脓，烂得血糊糊的。血粘住了衣裤，疼得他龇牙咧嘴，但他终于成功了。

如果说练"压线"不容易的话，那么练摩托车翻越40度坡、3米高的假山、过楼梯桥、过马鞍桥、隐蔽驾驶、悬轮换胎、360度大转弯就更加不容易。这些课目不仅难度大，要求严，危险性也大。

第一次练360度大转弯，队员蔡相军翻了车，被车扣在了下面。救护车把他送到了医院，医生让他接受观察治疗。检查结果还没出来，蔡相军就跑了，第二天便一瘸一拐地上了训练场。

这还不是最难的，过2米高12厘米宽的车辙桥最为惊险。

望着训练场上的车辙桥，队员们刚开始时没有一个心里不发怵的。

"来，看我的!"队领导飞车上桥，又快又稳地驶过车辙桥，看得在场的队员们连声赞叹。

"就照我这样练，练不好谁也别想上岗!"队领导站在桥下虎着脸说。队领导知道，这是护卫队员必须过的"生死关"，得逼着队员们开上桥。

"身体放松，不要紧张，掉下来我接住。"队领导站在桥下鼓劲。

神圣的使命感，领导的表率作用，给队员们增添了信心和勇气。一辆摩托车飞车而过，又一个飞车而过!

新队员张占祥，年龄只有 19 岁，满脸稚气。可在训练场上的那股狠劲儿，让老兵都哑嘴巴。

在一次训练通过车辙桥时，张占祥稍不留神，连人带车从桥上摔了下来。车把顶在胸部，嘴和鼻子流出了血，左手拇指在地上划了一条 1 米多长的凹沟，一小截险些掉下来。

战友们围上去掀起压在他身上的摩托车，要送他去医院。张占祥眼里噙着泪说:"不去，没关系!"他咬咬牙，又跨上了摩托车。

队员马得收骑着改装的两轮摩托车横过独木桥时，被"脾气很大"的摩托车掀到桥下，摩托车又正好压在他身上。

等到战友们把他从车下抢救出来时，马得收满脸是血，腿和手臂多处受伤。战友们劝他去包扎一下，他却瞅着摩托车赌气地说:"我就不信这个邪，我今天非把你拿下不可，看看谁比谁狠！"

与钢铁比坚强，与摩托车赛凶狠。正是这样百折不挠的顽强训练，成就了共和国国门上一道庄严亮丽的风景。

护卫队员们威武挺拔的身姿总是给人们留下深刻的印象，但是如果他们解开衣衫，人们会发现，他们身上已经是伤痕累累。

驾驶技能训练中，摔伤、碰伤、被摩托车汽缸烫伤，成了护卫队员的家常便饭。

对此，护卫队员们说：

> 只要你想成为这支队伍中的一员，你就注定要在训练中无怨无悔地与"危险"二字相伴。

在护卫途中，护卫队员们发现，时常有些特殊的道路设施和一些突发情况，给高速行驶的摩托车带来危险和障碍。如何安全避障又能保持队形严整，成为执勤中需要解决的一道难题。

原队长吕延伟和几名训练骨干反复研究，多次演练，创造出了"S"形避障训练法。

他们在训练场上插上十多根竹竿，开着时速几十公里的摩托车绕起了"S"形。这一训练课目的开展，使护卫队员安全避障的能力大增。

护卫队员杜文辉左大腿内侧有一片焦灼的伤疤已无法复原。那是在进行"S"形穿竿训练时，当他向第九个

艰辛训练

037

横竿冲去时，由于身体重心倾斜过大，连人带车翻倒在地。摩托车压在他的腿上，发动机汽缸温度高达 100 摄氏度，烫得他的腿上冒出一股青烟。

看到杜文辉受了重伤，有人劝他们差不多就行了，不要再搞这么危险的特技训练。但护卫队员们却说：

> 执行勤务时只有想不到的事情，没有不会发生的险情；为了万无一失，我们练得再苦也值得。

队员陈永录虽然个头 1.80 米，长得人高马大，很结实，可就是胆儿小。在第一次压窄沟时，沿沟行进不到 10 米远，就翻了两次车，摔得鼻青脸肿，胳膊蹭出血来。他害怕了，心想若这样再摔上几次，我这一百五六十斤就丢在长安街上了。后来，当别的队员压沟时，他索性开车绕着窄沟跑。

"陈永录压窄沟！"队长喝道。

"是！"陈永录虽然回答干脆，可车仍忽左忽右，在沟的两侧拐来拐去。

"压窄沟听到没有？"在队长的再三喝令声中，陈永录才哆哆嗦嗦地将车的前轮触到窄沟，但车轮压上窄沟没转两下，身子就着魔似的摇晃不定，待他硬着头皮再把车向前开时，车与人一同翻到公路的一边，陈永录手疼、鼻淌血，瘫软在地上爬不起来。

有的队员看到他那个"狼狈相",向队长建议说:"把咱们的兔子胆调出护卫队得了。"

陈永录听了,心里真不是滋味:"自己早已把分进护卫队的消息写信告诉了家中,父母乡亲高兴极了,认为村里出了个'大人物',他们盼着能有一天在电视上见到我护卫国宾的镜头。可现在……不行! 豁出命也要练出护卫本领,我陈永录也不是'软蛋'!"

陈永录静下心来,认真思索并总结出前几次翻车的原因:一是臂力不过硬,二是胆怯。

为练臂力,陈永录每天抽出时间逼自己做 100 次俯卧撑、举 100 下哑铃、拉 100 下拉力器;早晨提前起床,进行 5 公里越野,做单双杠,让胳膊肌肉做超强度训练。

渐渐地,陈永录臂膀的肌肉像小丘似的隆了起来。臂力增大了,他就开始向窄沟"进军"。

陈永录在中心线的窄沟中,每隔 2 米插上一个小杆,一趟、两趟,一晚、两晚,他也数不清自己到底翻了多少次车了。

两个月过去后,陈永录把车开到了队长面前说:"考核我吧。"

果然,陈永录即使闭上眼睛,也能使车压着沟的边沿行驶百米不脱线。全体队员看后,"呼啦"一下围过来,将陈永录抬起来抛向空中,齐声喝彩:"兔子胆打了翻身仗喽!"

艰辛训练

顶风冒雨练队形

　　护卫队形训练是护卫训练的一大难题，队形训练要求具备宽阔的训练场。但国宾护卫队只有一个简陋的周长 400 米的临时训练场地，白天马路上人多车多，不便在外训练。于是护卫队选择了夜间训练。

　　在夜深人静人们酣然入睡的时候，护卫队员驾驶着摩托车悄悄出发了。宽阔的三环路上、长安街上，队员们从 0 时至 3 时，苦练起步加速、压线驾驶、模拟护卫等动作，风雨无阻，从不间断。

　　就这样，他们驾驶着摩托车，不知度过了多少个不眠之夜，队员们也记不清有多少个这样的 3 时了。

　　当人们进入梦乡时，护卫队却刚刚开始训练，而当启明星微露的时候，护卫队却收车回营了。暴风雨的夜晚，是他们训练的好机会。

　　有一次，正赶上一个疾风暴雨的夜晚。暴雨如注，狂风怒吼，炸雷一个接着一个。

　　在首都市民们都急急忙忙地往家赶的时候，护卫队领导一看高兴了，这可是难得的练兵的好机会。当即命令部队，准备训练。

　　23 时后，队员们穿上衣服，开始了他们的夜间训练。

　　十几辆摩托车在闪电中飞速穿行，车轮所到之处，水花四溅。雨雾朦胧了队员们的双眼，他们几乎看不清前方的路，只能看着头车的警灯一闪一闪的，凭着自己的感觉驾驶。即使这样，他们的队形始终不变，摩托车前后的距离一直保持在 1.5 米。

风越刮越大，雨越下越急。雨点在路面上砸出一片水雾，水雾在狂风的吹拂下时而向东，时而向西。在路灯的照耀下，显得诡秘神奇。

所有队员的衣服都湿透了，雨水顺着裤管流到鞋子里，鞋子里装满了，又流了出来。湿透的衣服被冷风一吹，格外地冷。

虽然这样艰苦，但谁也没有怨言。相反，他们的心里盼着在这样特殊的天气里多训练一会儿。

位于前三角右锋车的队员程兰星，平稳地驾驶着摩托车，雨水顺着他的脖子流遍了他的全身，他极力使自己的精力集中，细心体会风雨天如何与其他的战友标齐。

突然，一道闪电划过天空，借着闪电光，程兰星发现前方的路面上有障碍物，但是刹车已经来不及了。于是他紧握车把，加大油门，利用飞跃障碍物的技巧，两手一提，摩托车腾空而起。

由于速度太快，程兰星担心飞得太远，迅速在空中握了一下制动闸，紧接着双手往下一压，摩托车头急速直下，然后又一提车把，在空中翻了一周。

但摩托车下降的速度仍很快，他就又做了一个空翻动作，使摩托车在空中又翻了一周半，从马路边的两棵

艰辛训练

树之间穿了出去，一头栽在路边的地里，头盔把地面撞了个大坑，车和人完好无损。程兰星的这次紧急措施，想不到竟创造了摩托车空中翻两周半的纪录。

作为军人，尤其是作为维护国门尊严的礼兵，国宾护卫队员们从来都不怕苦，在《国宾护卫队之歌》中，他们这样唱道：

> 我们是祖国的铁骑兵，斗志昂扬，意气风发；我们是英雄的护卫战士，不怕冰雪寒，不怕风雨打；肩负人民重托，履行神圣使命，国宾卫士，出发！

这是一支被外电称为"中国皇家卫队"的部队。部队成立以来，他们安全护卫 489 位来华访问的国宾，先后执行迎送任务 1600 余次，行程 188 万公里，算起来可绕地球 47 周。

他们把中国军人的风采和中国人民爱好和平的美好心愿，送向了五洲四海。

一心二用练处置特情

　　虽然人们常说一心不可二用，但在护卫队却要求每个队员都要有一心二用的功夫，既要用心开车，不能跑线，又要用眼睛余光观察沿线周围的情况，这是一项体能智能的综合训练。

　　在诸多的训练课目中，有一个叫"飞车捡物"的项目，练的就是这个功夫。

　　一次执勤中，队长施霞光看到路面上有一石块，当时，他一晃车把过去了。可事后，这个石块却一直印在他的脑海里：类似的隐患必须排除。于是，捡拾路面障碍物，成为护卫队训练的新内容。

　　在训练这个课目的过程中，队员们的手都被磨得鲜血淋淋。他们在地上放许多砖头，摩托车从砖头旁驶过，队员们一手控制车把，两眼看着前方，手要准确无误地捡起砖头。

　　由于摩托车的速度很快，砖头与手的摩擦力很大，很快磨烂了队员们的皮肉。因此，在手与砖头接触的一瞬间，就会感到钻心的疼，但是队员们没有一个吭声的。

　　训练场上，队长首先做示范。

　　队长正驾车飞速行驶，卷起一路黄尘。突然，一个模型炸药包飞了过来，落在他的外侧。而此时车速已达每小时 80 公里。

艰辛训练

只见队长不慌不忙，车速不减，开到模型炸药包旁边，飞起一脚，将模型炸药包踢出 20 多米远。

接着，又有一个手提包落在他的内侧。只见队长单手驭车，伸出长臂俯身将提包捡起，然后一个 90 度急转，再一个 90 度急转，摩托车带着一股旋风驶到队员们面前。

队长跳下铁骑，威严地宣布："这就是护卫队的标准，照我的样子练，成了就上勤。不成就得继续练！"言罢，队长一挥手，队员们驾驶摩托车吼叫着出发了。

踢偏了，重来！踢近了，重来！

没捡起来不行，车速慢了也不行！摔倒了爬起来，流血了包扎一下继续练。

训练是非常艰苦的。队员一天训练下来，个个累得腰酸背痛，筋疲力尽，头晕目眩。

此时，他们最想去的地方是自来水管旁，先喝个饱，再洗个痛快。最怕去的地方是饭堂，喷香的鱼肉蔬菜却激不起食欲。人进了饭堂，饭菜却进不了肚肠。太累了，吃不下去呀！

艰苦的磨炼提高了队员们的技能。开始时，他们捡拾砖头、瓶子、帽子，后来又捡小石子、小药瓶。难度逐渐加大，队员们处理突发情况的技艺也节节升高。

雨雪等特殊环境里的训练是国宾护卫队训练的一项重要内容。为了保证在任何气候下，国宾护卫队都能做到拉得出，过得硬，确保国宾车队的安全，越是寒冷的天气，他们越要在野外训练。

滴水成冰的三九天，队员们却只戴一副白手套，穿胶鞋，在寒风中一跑就是几小时。两只手冻得麻木，只好用小臂夹住离合器和前制动。下车时，两条腿几乎不听使唤，好半天才能下车，有时要人搀扶才能下来。

正是这种严格的训练，练就了队员们顽强拼搏的意志，练成了绝活。

在国宾护卫队，每次考核，迟顶山都是第一个通过；54个训练课目中，他拔尖的能占到50个，简直是"全能冠军"。

当冠军不容易，每一块奖牌都是汗水的结晶。窄路驾驶是一个高难课目，在50米的距离上用两排砖摆成一个20厘米宽的通道，队员驾摩托从中间通过，而轮胎的直径就有15厘米，等于只有5厘米的间隙。

开始训练时，迟顶山精神紧张，车轱辘不停地压砖，摩托冲出通道摔在地上，有时他被摔出几米远。看到别的战友过了关，小迟心里急成一团火，可越急越是无法通过。他请队长和几个老队员帮他赶队，他们认为小迟的心理素质不行，当务之急是在这方面下功夫。

小迟冥思苦想了好几天，终于想出了办法。他找来20厘米宽的木板铺在地上，高出地面5厘米，这就如同架了一座独木桥。他反复在这个独木桥上进行训练。这一招真灵，他很快过了关。

谈到训练经验时小迟说，始终盯住弱项不放，结果就是全面发展。

艰辛训练

威武形象引来追星女大学生

护卫队的干部和战士之间都爱开玩笑，常常拿战友的情书逗乐。

有一天，队长施霞光到值班室去拿报纸，扒拉着随报纸送来的一堆信说：看看今天有谁的情书，见有封信寄自哈尔滨，他有些奇怪，咱们中队没有哈尔滨的战士啊，怎么有哈尔滨的来信？信封上写的不是哪个人收，而是"国宾护卫队收"。

施霞光拆开一看，原来是哈尔滨的一个女大学生写来的。

女大学生在信里说：

> 我从电视、报刊上看到咱们国宾护卫队威风凛凛地执行着护卫外宾的任务，觉得做一个护卫队战士很光荣，我非常羡慕。护卫队好多战士的形象，都深深地印在我的脑子里，对我影响很大，我想从你们中选一个心上人……

还有这样的事啊！施霞光乐了，把信给副指导员看。副指导员说："给她写个回信吧。人家好不容易来封信，对咱们队员很关心的。应该回封信。"

施霞光说："写回信干吗？谁写呀？"战士们都让施霞光写。施霞光让副指导员写。

副指导员说："还是你队长写，你恋爱过，是过来人，有这方面的经验。"

于是，由施霞光执笔给女大学生回了一封信，告诉她：不要只看到护卫队风光的表面现象，其实护卫队员们的生活、训练是十分平凡和相当艰苦的，劝她在学校安心学习。

信寄出后，没隔几天，护卫队又收到这个女大学生的一封信，信中说：我已买好了火车票，于某日早晨到达北京。

施霞光一看慌了：不但没有劝住她，她反而跑来了，还不如不回信呢！

原来，这个女大学生是个追星族，她在信中说：

我非要到你们连队去看看，见见你们的队员。

为保证这个女大学生的安全，中队决定第二天早晨派人去接她，定谁去却成了难题。

表面上，出于害臊，谁都不想去，实际上，那些没对象的毛头小伙一个个都想去。后来中队决定派一个班长去，考验考验他，看他对这个女大学生有何反应。班长的反应"出乎意料"，他中规中矩地把女大学生带到了

艰辛训练

中队。

女大学生来到了部队,施霞光和指导员与她交谈说:"找对象不能单凭一时冲动,你在电视上只看到了护卫队员荣耀的一面,并不知道荣耀的背后包含着无私的奉献和艰辛的汗水。护卫队员即使成家,也很难有时间照顾好家庭。"

为了进一步劝说女大学生,部队破例为她安排了一次参观训练。

那天上午,护卫队进行耐热训练项目。

天气炎热,队员们一个个头戴二三公斤重的头盔,内穿衬衣打领带,外穿军装紧扎武装带,足蹬厚厚的皮马靴,着装整齐地列队在烈日下。

头盔罩着头部闷热无比,一身整齐的军装密不透风,队员们一个个大汗淋漓,但仍像城墙一般岿然屹立,纹丝不动,任由烈日暴晒,汗水流淌。

女大学生和施霞光队长及指导员一起来到烈日下的操场上,她一言未发地看着这些正在进行艰苦耐热训练的战士们。她掏出一块手巾,为每个队员擦着脸上的热汗,然后,把这块交融着数十名战士热汗的手巾装进自己兜里。

吃午饭时,施霞光问她:"看了战士们的训练有什么感受?"

这女大学生拿出手巾说:

在此之前，我确实不了解护卫队战士们风光背后的艰辛，通过今天上午的参观，我有了初步了解。以这项较为简单轻松的训练为例，举一反三，我基本上能了解到战士们其他的训练以及有关的生活了。这个手巾上有他们辛劳的汗水，我要把它带回学校，带给我的同学姐妹，让她们也了解国宾护卫队风光背后的艰辛，把它永远保存起来。

艰辛训练

摩托车技巧分队逞英豪

灿烂的阳光穿过冬日里的寒风，洒在武警北京总队某部的摩托车技巧分队的训练场上。摩托车技巧分队承担着为国宾护卫队培养队员的任务，国宾护卫队队员都是从摩托车技巧队中选拔出来的。

此时，37名队员正排成整齐的队列，站在训练场上，迎接他们建队以来的第十二任队长。

一辆挂武警牌照的吉普车开进营区，新队长武祯荣走了下来，一身十足的军人味，浓眉大眼，眼神中带着军人特有的刚毅与果敢，迎接的队员们离老远就感到了他身上逼人的英气。

军营里从来不多说废话，铿锵有力的几句开场白后，武祯荣就算是和队员们认识了。但是，队员们真正认识这个队长，却是花费了汗水甚至鲜血的"代价"。

国宾护卫是国宾礼仪中的最高礼仪之一，能成为代表国家形象的国宾护卫队员自然不那么容易。作为国宾护卫队的摇篮，这里的训练难度堪称"魔鬼训练"。其中最为惊险的就是特技训练。

摩托车特技包括悬轮驾驶、紧急掉头、交换驾驶、隐蔽驾驶等高难度课目，每一个课目都有很大的难度和危险性。

悬轮驾驶是遇到窄路时行驶的基本技术，要求驾驶员有过人的臂力，并且要用力恰当，用力太小，动作做不出来；用力太大车子就会侧翻，轻则把驾驶员甩出去，重则会把驾驶员压在车下造成骨裂甚至骨折。

紧急掉头是在高速行驶中出现紧急情况时快速掉头的动作，驾驶员要熟练掌握车子的前后制动时间差，相差几秒就有可能造成人随着车一起向前翻滚，甚至有可能威胁驾驶员的生命……

为了提高战士们的身体素质，武祯荣带领战士们白天练技术，晚上练素质。训练中，他样样带头，危险性大的课目他第一个做示范，规定战士们每天做 100 个俯卧撑，他绝对不少于 120 个。

作为一名合格的特技队员既要有超人的身体素质，还要有良好的心理素质。

初次骑上"铁马"的战士难免会产生恐惧心理，所以每次训练武祯荣都坐在摩托车的挎斗里，一方面指导战士们如何处理行驶中出现的问题，另一方面也是为了鼓励战士们克服心理障碍。

新队员对车子的性能不熟悉，常常在行驶中突然刹车，由于惯性的作用，就会造成坐在挎斗里的人身体前冲，撞到挡板上再弹回来，所以每天训练下来武祯荣都被"撞"得浑身跟散了架似的，腰酸背痛。但只要看到新队员漂亮地完成

艰辛训练

某个动作，他就跟吃了灵丹妙药一样，浑身又来了劲儿。

有一次，练习悬轮驾驶课目时，一名新队员因为恐惧心理的作用，在上"窄木板"前突然紧急刹车，没有任何准备的武祯荣像离弦的箭一样被抛了出去，重重落在地上，站在旁边的队员们都惊呆了。

没想到的是，武祯荣一翻身爬了起来，拍了拍身上的土，又跳上摩托车说："没事，再来！"

队员们看着队长鼓励的目光，心里都有一种说不出的滋味，训练更加努力刻苦了。

艺高人胆大，胆大人艺高！在他的带领下，中队的整体专业水平日新月异。

在特技分队的驾驶员们的眼里，没有什么东西比车更亲了。每天训练完毕他们都要把"铁马"擦拭得一尘不染才能入库，每个星期至少还要进行两次检查与保养。

武祯荣常常跟战士们开玩笑说："车就是咱们军营里的女朋友，咱们要像爱护自己的女朋友一样去无微不至地爱护'她'。"

他是这样说的也是这样做的。无论是在国宾护卫队时还是在岗位上，他自己的摩托车从来不让别人代为检查和擦拭。他常说：只有在平时精心地保养它，在需要时它才会给你面子，才不会在关键时刻"掉链子"。

武祯荣以身作则，带动了队员们，他们对自己的"铁马"关爱有加，从装备检查到检修，从清洗到维护，样样自己动手。如果哪个人刚擦完摩托车，谁都不能去碰，更不能留下指纹，否则就会大发雷霆。

武祯荣曾经是国宾护卫队的副队长，当兵 10 多年来，武祯荣从没有因为苦累流过泪。而在离开国宾护卫队的那天他哭了，他抚摸着跟随了自己几年的宝马护卫车心潮起伏，昔日马达轰鸣，护卫着国宾驶过天安门的一幕幕场景浮现在眼前，他舍不得与这位钢铁铸就的"战友"分离。

一茬又一茬的摩托技巧队员在这里成长为国宾护卫队员，他们经历了汗水和血水的洗礼，经历了老一代国宾护卫队员的精神感召，树立了共和国国门的威严。

国宾护卫队员卢吉山回山东乳山探家。家乡的同学都知道他在国宾护卫队，而且知道国宾护卫队员个个都是驾驶摩托车的好手，就打算让卢吉山给露两手，开开眼。

卢吉山觉得，这些业务技能实在没啥值得显摆的，就一直不肯答应。几个同学哪肯放过这好机会，就软磨硬泡，卢吉山拗不过几个同学，只好答应露两手。

同学高兴地推来了一辆摩托车，卢吉山一抬腿，干净利索地上了摩托车，轰油门、抬离合，摩托车快速提速到 80 公里，如离弦之箭，"嗖"地射了出去。

"乖乖！我自己开的时候，这车从没这么'猛'过。"

摩托车的排气管喷出的轻烟还没散去，卢吉山突然一个急掉头，卷起一片黄尘，人们的视线一下子变得模

艰辛训练

糊起来。

就在人们瞪大眼睛努力寻找目标的时候，卢吉山驾驶着摩托车飞速前进，单手握把，下腰，俯身，伸手，随手就捡起了路边的矿泉水瓶，然后迅速挺直身体，挥手把瓶子扔了出去。

"好啊！好啊……"同学们看得眼睛都直了，直到矿泉水瓶子落了地，才想起来叫好。

这时，卢吉山两手一使劲儿，把摩托车的前轮高高地悬起来，摩托车全靠一个轮子行驶，仿佛一匹战马抬起前腿，要尽力一跃。

单轮行驶了一会儿，卢吉山放下前轮，恢复正常行驶，随机又一个急刹车，高速行驶的摩托车瞬间就像被钉住了一样，稳稳地停在大家面前。

"哗——"同学们拼命鼓掌说，"太帅了，教教我们吧！""酷毙了，我拜你为师。"

卢吉山却笑了，这在护卫队不过是雕虫小技。为了应付意外情况，护卫队员必须进行一些特殊车技的训练，比如急掉头、走蛇形竿、转"8"字等。

小卢最难忘的是转"8"字。

用砖头摆成一个直径只有 7 米的"8"字，队员们驾着两米多长、400 多公斤重的宝马车一转就是 100 多圈，其难度和强度可想而知。

为了练臂力，他常常靠墙倒立，实在坚持不住倒下了，又爬起来再练。班长发现后几次让他去休息，可他往往转一圈后又出现在训练场。

就这样，卢吉山的特技功夫越练越高，他不仅在平时的训练中做示范，还专门给党和国家领导人做了表演，受到高度赞扬。

艰辛训练

"开路先锋"美名扬

在 11 人组成的护卫队形中,排在最前面的为头车。头车的位置十分重要,跟在头车后面的队员要根据他的举动作出判断。如果头车减速,整个车队就会减速,头车的一举一动都是整个护卫队行动中无言的标杆。

队长施霞光开头车 6 年,赢得了"开路先锋"的美名。

2002 年 3 月 26 日下午,比利时首相应邀访华。国宾按照计划前往人民大会堂参加欢迎仪式。不料,首相在车上临时决定,要去使馆看望工作人员。

在车队前方开道的警车接到命令后,因为车上的无线电不能和国宾护卫队联系上,无法通知施队长。坐在车里的警察不由得担心起来。行车路线变化突然,道路陌生,而且没有封闭,这必然会给车队行进带来许多不可预料的困难。

外交部的同志也担心起来,外交无小事,外交礼仪中,哪怕出一丁点儿问题都会在国际上产生巨大的影响。由于临时改变线路,没有事先警戒,路上的行人、车辆对护卫队形和车速都是严峻的挑战。护卫任务能否正常完成,全靠他这个头车的组织指挥了。

他们把希望寄托在了施队长身上。

车队到了四元桥，开道警车没有上桥，转弯向桥下开去。

施队长发现了这个不同往常的变化。本该上桥，怎么却从桥下走？施霞光心想肯定是改变路线了，他连忙打开无线电，对着话筒下达命令："车队线路有变，各车注意跟进，保持队形。"

下达命令后，施队长两眼死死盯住前方，思考着变化之中可能出现的各种情况。

车队上了桥面窄、平时就拥堵的三元桥。

"变二路队形，确保目标安全！"

施霞光一边发出号令，一边变挡减速，11名官兵也立即减速，并用身体和摩托车组成两道屏障直直地贴在国宾车两侧。

车队呼啸着和民用车辆擦身而过。路上的行人纷纷止步，观看这在三环公路上难得一见的景致。

车队接近使馆区，眼看要拐入便道。这里的道路更加狭窄，行人又多。前面的警车刚刚驶过，后面的行人就将合拢。

怎么办？不能让国宾车滞留在便道上。

反应机敏的施霞光打开警灯，鸣响警笛。他大声命令：

护卫车前出，成二路队形，为国宾车开路。

"唰、唰、唰……"后面的车提速向前,在行人还在观望远去的警车的时候,护卫车已经迅速为国宾车打开了一条通道。

乳白色的车身像闪电一样划过人们的视野,行人还没有反应过来,车队已经安然通过,驶入比利时大使馆。

施队长终于松了一口气,摘下头盔,汗水哗地流了下来。

看到车队安全进入使馆,外交部的同志走出人群,来到施队长身边,伸出大拇指夸奖说:"你这个开路先锋当得好!"

除障保养专家

先进的装备、严整的军容展示着国宾卫士的风采。

我国最早实行国宾护卫时使用的是长江牌摩托车，时速只有几十公里。

1984 年，国宾护卫队组建后，随着国力的不断增强，先后 4 次更换装备，后来，他们的"坐骑"达到世界一流水平。

百里挑一的护卫队员穿上笔挺的礼服更显示出他们的英姿。然而，他们深知，在国宾护卫中，他们的一言一行、一举一动都代表着国家。要履行好国宾护卫的神圣使命，更要靠顽强的作风、高超的技能和为国争光、为军旗增辉的崇高品格。

2000 年，国宾护卫队迎来第 5 次换装，坐骑换成了宝马 R850RT "拳击手"摩托车。与先前使用的 R800RT 摩托护卫用车相比，该车增强了前后 ABS 刹车防抱制动系统、催化转化器和电子点火系统等高新科技成果。

宝马 R850RT 型坐骑为德国宝马公司制造，长 2.109 米，宽 0.97 米，重 300 公斤。车辆采用电子点火装置，并安装了发动机微电脑控制装置，出现故障可以进行还原操作。

与普通摩托车不同的是，它还安装了三元催化器及

艰辛训练

ABS 防抱制动装置，车速可以达到每小时 190 公里。先进的无线通讯系统可以和头盔中的无线耳机直接相连，自动升降的风挡玻璃可以根据车速和气候变化进行可控调节。每辆摩托车价值在 30 万人民币左右。

宝马 R850RT 型前风挡玻璃和座位可以根据骑手身高和风速进行升降，警灯警报和通信系统非常先进，外形设计美观大方。执勤时，"骑手"在时速 120 公里至 140 公里范围内飞驰行进时，身体各部位都能够受到有效保护。

看到崭新的坐骑，护卫队员们像娶了新媳妇一样高兴，又是看又是摸，恨不能搂着摩托车睡觉。但高兴了没几天，问题就来了。

40 辆崭新的宝马牌摩托车开进国宾护卫队后，德国专家把车调试完毕，留下一本英文说明书就走了。车辆的维修和保养虽然有厂家提供，但如果在执行任务时出了问题，那可怎么办呢？

老队员杨旭是个有心人，他深钻细研，为了掌握这些宝马车构造，他自学电路、电子知识，查词典读懂英文说明书，一有空就和摩托车"泡"在一起，没多久，他竟成了这批摩托车维修保养的专家，官兵们送他一个雅号，"宝马神医"。

2002 年 3 月 21 日上午，护卫队呈一字形向机场高速行进，准备迎接护卫抵京的刚果总统。

车过北皋桥时，位于中间的队员李振京通过车载电话急呼："老同志，我的 ABS 指示灯不正常闪动。"杨旭是护卫队最老的兵，队员们都爱这样称呼他。

杨旭当即指示："试一下刹车，看灵不灵。"

"刹车不太灵！"小李急切回答。

"左手摁住控制开关，15秒后松开，紧急踩一下制动……"

在杨旭的指点下，小李有条不紊地做了起来，不一会儿，他高兴地报告："情况正常了，谢谢老同志！"

这种行进间排除故障是杨旭众多绝活中的一个。神医还有一个绝活，他可以一听声音就能辨别车是否有故障，故障可能在哪儿。

一次，许健宁保养完车后试车，车从杨旭跟前驶过。杨旭忙叫停车，说车有毛病。小许不服。

杨旭告诉他，你的车有金属敲击声，很可能是气门间隙过大。

两人把车拆开，果然发现了问题。小许吓出一身冷汗：这毛病会造成发动机停机，如果发生在执勤中，后果不堪设想。

德国专家来京时听说了这事，向杨旭竖起了大拇指。

祖国荣誉高于一切！

从首都机场到国宾馆的护卫路程达40多公里，这一路有酷暑严寒，有风雪雨霜。在同艰难困苦作斗争的过程中，当代中国军人勇往直前、战无不胜的英雄气概，

艰辛训练

在护卫队员身上表现得淋漓尽致。

多少年来，一代又一代国宾护卫队员，正因为心中有这样的信念，他们把生命与祖国荣誉融为一体，把青春年华献给了神圣的护卫事业，把光荣与梦想留在了无悔的警营，在通往五大洲四大洋的国门上，用青春热血谱写出一曲曲祖国至上的雄浑乐章。

三、 护卫国宾

● 当车队驶出钓鱼台国宾馆时，里根打开车窗，望着在前方画出优美线条的摩托车护卫队，伸出右手做了一个"OK"动作。

● "轰"的一声巨响，面包车被撞到马路边，巨大的惯力使丁怀国从摩托车上腾空而起，飞出 5 米多远，然后重重地摔在地上，大腿和胳臂顿时鲜血直流。

● 戈尔巴乔夫满面春风地跳下车，向路旁的人群挥手示意。沸腾的人群像涨潮的水，前呼后拥地一下子把车队团团围住。

护卫来访的美国总统

1984 年 4 月 26 日，美国总统里根访华。恢复成立不久的国宾护卫队迎来了最大的挑战。

里根总统是中美两国自 1979 年建交以来访问中国的第一位在职的美国总统。并且，里根访问北京时，正值国际上恐怖活动的频繁期。

自 20 世纪 80 年代起，恐怖主义出现并蔓延，一些重要的国际会议开始将恐怖主义问题列为重要议题。这样，国宾护卫队的"护卫"性质就超出了"礼仪"需要。

世界上很多政治和恐怖暗杀事件都发生在被害目标乘车途中，这就意味着护卫队员肩负责任的重大。国宾一踏上中国国土，护卫队员就是最前沿的战士，国宾的安全是护卫队员无可推卸的职责。

为此，公安部特别强调，护卫队在迎接里根车队途中不能有任何闪失，要确保万无一失。里根总统的贵宾车队很庞大，公安部采取了非常措施，组织了封闭式行车路线。

美国代表团在京的最后一天，里根总统到长城饭店举办答谢宴会，沿途道路封闭了 5 个小时。在这种情况下护卫，责任感带来的十二万分的小心谨慎使每一位摩托车护卫队员的心都提到了嗓子眼。

北京的 4 月是凉爽的，国宾摩托车护卫队员们身着单薄的毛料制服，全神贯注地引领着车队浩浩荡荡地驶上西长安街，又沿西长安街安全驶向钓鱼台国宾馆。

虽然天气有些凉，驾驶的摩托车又风驰电掣一般，但是，完成任务回队后，摘下头盔，脱下长靴，大家才发现，因为高度紧张，每个人竟然都浑身大汗。

就是在一次次这样的任务中，队员们越发认识了自己工作的性质。强烈的国家意识和责任感，也是经过一次次这样的强调、感染，越发地明晰和牢固。

事后，国宾摩托车护卫队员们得知，招待里根总统的国宴上，中方一位高级官员微笑着问里根访华的印象。这位美国第四十任总统略加思索后说：

北京宽阔的大道令人赞叹，贵国人民的热情使人感动，护卫的礼兵让人难忘！

里根结束访问离京时，摩托车护卫队再一次护卫国宾车队。当车队驶出钓鱼台国宾馆时，里根打开车窗，望着在前方画出优美线条的摩托车护卫队，伸出右手做了一个"OK"动作。

1998 年 6 月 25 日，美国总统克林顿抵达北京。

在克林顿到北京之前，一大队保安人员已经先期抵达。这些人有的来自威名赫赫的"海豹突击队"，有的是美国联邦调查局特工。他们个个身材魁梧，戴着墨镜，

护卫国宾

耳朵里戴着无线电耳塞，如临大敌。

美国人还空运来了全套安全装备，连总统的防弹轿车也随机一同抵达北京。

政府首脑安全是各国政府都极为关注的问题。许多轰动世界的暗杀事件都发生在被害人乘车途中，沿途护卫成了所有安全护卫中的重点。这就意味着，国宾护卫队员肩负的责任非常重大。

动员会上，队领导郑重地说："我们是美国总统访华接触的第一支'门面'部队，这次护卫只许成功，不许失败。"

护卫队员迟顶山说："国宾一踏上我国国土，我们就是最前沿的战士，哨位就是战场，上勤就是打仗。"国宾护卫队为此做了充分准备。

20 时，克林顿的专机"空军 1 号"降落在北京首都机场，欢迎仪式之后，克林顿一行登上汽车，准备开赴市区。

"大家注意，启动护卫车！"护卫队员的对讲机中传来命令。

但就在此时，美方突然提出要改变我护卫队一贯的单线护卫队形为方队护卫队形，即在主车两旁各加一辆他们自己的警卫轿车，这就打乱了我方原来设计的护卫方案，增加了护卫难度。而此时距出发时间仅剩 5 分钟。

时间不容讨论和争辩。"重新编队！"凭着以前多种队形护卫训练的经验，护卫队原队长吕延伟迅速召集其他护卫队员制订出第二套护卫方案。几分钟后，警笛声中，克林顿一行乘坐的专车在护卫队的护卫下出发了。

途中，摩托车护卫队员高速行驶，与国宾车队保持着固定距离和完美队形，处置途中情况果断灵活。

40分钟后，国宾车队安全抵达国宾馆。

克林顿总统离车后，跟在他身后的美国保安人员对着摩托车护卫队员们连声说："OK！OK！"

护卫国宾

果断处置护卫途中异常情况

1985 年 5 月 24 日，葡萄牙总统埃亚内斯圆满结束了对中国的访问，准备从北京首都机场乘飞机回去。

国宾护卫队奉命执行护卫任务。从钓鱼台国宾馆出发，护卫着国宾车队很快驶入长安街，来到了东单路口附近。

就在这个时候，处在头车的副队长王峰突然发现，马路右侧有一个中年男子飞快地向马路中央闯了过来。

王峰有些诧异，虽然来人动机不明，但是无论他要干什么，都不能让他接近国宾车队。

王峰一边按喇叭发出警告，一边向右猛打方向，径直地迎着中年男人驶去。在距来人半米远的地方，王峰一个 90 度的急转弯，摩托车尖叫一声横在了那个中年男人面前。

中年男子抬头一看，一个武警威风凛凛地挡在面前，眼睛里射出逼人的目光。

王峰也发现，这个中年男子目光游离，精神恍惚，似乎是个精神病患者。

中年男子见去路被封堵，立即掉头向东逃跑，一边跑一边拼命向车队挥动手臂，企图夺路拦截国宾的车辆。而此时，王峰想再启动摩托车已经来不及了。

就在这时，后面的护卫队员王申三和韩守红已经看破了他的目的，驾车急速赶到，冲到中年男子面前一个紧急停车。

"吱——吱——"一左一右的两辆摩托车与王峰的摩托车形成一个三角形半圆，像围墙一样将中年男子堵在外面。

总统的车队快速从他们眼前驶过。

马路两边的群众似乎还没反应过来，一场涉外事件就已经化解了。

在这次突发事件中，队员们以清醒的头脑，敏捷的反应，过硬的技术，成功处理了一起可能发生的涉外事件。

有一次，他们护卫某国领导人的车队行驶到中南海附近，突然看见有两个行人误闯隔离车道，为了避免意外的发生，队长立刻命令在左侧大角和小角的两名队员出动，两人加足马力，冲向前方，将误闯的行人挡在了车道之外，保证车队顺利通过。

1988 年 1 月 28 日上午，应中国政府的邀请，挪威首相布隆特兰一行抵达北京访问。国宾护卫队奉命执行护卫任务。

国宾车队在护卫队的护卫下，一路绿灯，风驰电掣地驶向钓鱼台国宾馆。

当车队行驶到朝阳区光华路段时，担任左前卫的老护卫队员丁怀国远远地观察到前方的路段一切正常，于是急速前进。

突然间，从前方 14 号院里驶出一辆白色丰田面包车，司机并没有看到有国宾车队通过。

护卫国宾

　　如果面包车并入快车线，就有与国宾车队主车相撞的危险，这将给国家造成不可挽回的政治影响。

　　丁怀国发现情况后，一个劲儿地按喇叭提醒司机，不料司机不仅没有停下，反而加速行驶，想在国宾车队到来之前通过这段马路。

　　此时，国宾车队的车速已经达到每小时90多公里，而距离面包车只有20多米了。用不了几秒钟，车队就将撞上面包车。

　　正在执勤的交通民警吓蒙了，一时间不知道如何处置才好。路边的行人也停了下来，瞪大眼睛紧紧地盯着，有的惊叫起来。

　　危急之时，丁怀国没有丝毫犹豫，他一歪车把，护卫车离开了车队，向面包车冲过去。

　　面包车终于发现了国宾车队，急忙猛打方向盘，向公路边靠过去。但数秒之内不可能离开国宾车队的行车路线。与此同时，丁怀国已经驾车冲到跟前，毫不犹豫地驾驶护卫车向面包车撞去。

　　"轰"的一声巨响，面包车被撞到马路边，巨大的惯力使丁怀国从摩托车上腾空而起，飞出5米多远，然后重重地摔在地上，大腿和胳臂顿时鲜血直流。

　　国宾车队在他身边疾驶而过，像没发生任何事情一样。事后，路边的群众不解地问丁怀国："你怎么故意去撞面包车呢？"

　　丁怀国说：

情况紧急，容不得多想，我不去撞面包车，
面包车就要与国宾车队相撞，我的任务就是保
护国宾车队顺利行驶。

1997 年夏天，冰岛总统访华离京，国宾车队行驶到
机场路北高桥时，从车队的后方突然出现一辆宝马轿车，
斜插向国宾车队的前方，速度飞快。

护卫队员从反光镜里发现异常情况，立即警觉起来。

按交通规定，遇到国宾车队，所有的车辆都必须让
路，更不要说与国宾车队抢行了，那么这辆车究竟要干
什么？为什么直奔国宾主车而来？

不容多想，负责后卫警卫的两名护卫队员在宝马轿
车追上来之前，猛地摆动摩托车头，用两辆宝马摩托车
拦截了轿车的去路。

当时国宾车队不知发生了什么事情，整个车队同时
刹车，但是仅仅只有一秒的瞬间，快速反应的摩托车护
卫队又同时启动，继续行驶。

就是在这短短的一秒钟内，其他的队员已经作出了
判断，明白情况已被处置，可以安全前进。

但是，就在这一瞬间，护卫队的 11 辆摩托车能够紧
急刹车，又在一秒钟之后迅速起步，并且步调一致，这
不是一般的人能够做到的。只要他们当中有一名队员的
速度慢半拍，整个车队就会撞成一团。

沉稳应对护卫路线改变

1988年的一天,某国总统来我国进行国事访问,专机在首都机场徐徐降落,守候在停机坪外面的护卫队员早已做好了准备。

就在国宾车队即将出发时,护卫队接到上级通知:考虑北京道路状况发生了变化,国宾行车路线将在行驶中视情改变。

在国宾护卫中,一般都是按规定路线走,队员们对沿线情况了如指掌。临时更改路线,这是护卫队遇到的新情况。

对新改的路线,队员们心里没有一点儿底,况且还没有执勤人员。

面对重重困难,队员们当即围在一起,开了一个短短的"诸葛亮"会。

警灯闪闪,警笛长鸣。国宾车队在护卫队的护卫下,以每小时100公里的速度在新改线上疾驶。路面凹凸不平,忽宽忽窄,行人车辆在警笛声中匆忙避让。

突然,路面由14米一下子窄到了不足8米,护卫队形展不开了。

队员们紧密配合,迅速把队形由宽变长,将护卫的横排面压缩了一倍,使护卫车看上去几乎是并在一起行驶。而护卫国宾主车的4辆护卫车紧贴主车两旁，像两堵严实的墙，把主车"包围"得严严实实。

车队行驶到一个路口，围观的群众越来越多，此时车速高达每小时140公里。

突然，一个黑色物品从人群中扔出，正巧落在道路中心。

驾驶护卫头车的队长已来不及发出命令，只见他车速不减，施展平时练就的硬功，迅速将车靠了过去，左手握把，右手下伸，抓起这个不速之物，用力甩出了20多米。

护卫队员们在新的护卫线上，靠平时练就的过硬功夫，沉着驾驶，果断处置问题，经过了8个立交桥，3个转盘，2个架空桥，安全地把国宾护送到目的地。

1989年5月15日，苏联总统戈尔巴乔夫抵达北京进行访问，迎接他的是改在机场举行的欢迎仪式。

在当时，因为特殊原因，护卫队的护卫行车路线一改再改，迟迟定不了。

面对这突如其来的变化，护卫队员们不得不做好面对最坏情况的准备。就在戈尔巴乔夫总统来访的前一个夜晚，护卫队员们谁都没有合眼，他们商量来商量去，都拿不出一个完整的方案。

5月15日2时，北京的夜晚已经恢复了宁静。距离戈尔巴乔夫的飞机抵达北京还有10个小时。而此时，护卫队已驾驶着摩托车悄悄地开进牛王庙一带隐蔽起来。

护卫国宾

欢迎仪式结束了。严阵以待的队员们才接到通知，车队改由东三环行进，经南三环和西三环，进钓鱼台西门。这几乎等于绕北京一圈。

国宾车队走这样的路线还是第一次。不但路途远，拐弯多，还要经过8座立交桥！能否顺利完成这次特别行进任务，每个队员心里都捏着一把汗。

浩浩荡荡的车队一路疾驶。当行驶到双井路口时，戈尔巴乔夫的车突然要求停下，所有随行车辆只得紧急刹车。

戈尔巴乔夫满面春风地跳下车，向路旁的人群挥手示意。沸腾的人群像涨潮的水，前呼后拥地一下子把车队团团围住。

为防不测，护卫队员们以自己的身体组成一道道屏障，暗自阻止围上来找戈尔巴乔夫握手的人群。眼看围拢的人越来越多，苏方保卫人员不得不拉开车门，把戈尔巴乔夫推进车内。

在来访的国宾中，队员们只随车护卫，很少与总统谋面。但这次与戈尔巴乔夫近在咫尺，看得那样清楚，却使他们紧张万分。

戈尔巴乔夫的初夏来访，与邓小平在人民大会堂东大厅举行全球瞩目的握手会谈，打开了中苏恢复正常关系的大门。

护卫队能圆满地完成这次艰巨的护卫任务，大家都感到无比自豪。

顶烈日战高温酷暑

1992 年 5 月 28 日，来我国进行国事访问的贝宁总统索洛格一行结束了访问后，要在中午从首都机场乘专机回国。

那年北京的夏季似乎来得特别早，4 月份街头便出现了穿裙子的女士。到了 5 月，就有了炎热夏季那种"骄阳似火"的味道了。

5 月 28 日这天，北京的最高气温竟达 35 摄氏度，热浪蒸得人几乎喘不过气来。

贝宁总统索洛格原定于 29 日上午离开北京。28 日中午，护卫队员们正要开饭，值班人员突然接到了速到钓鱼台护送国宾的任务。通知要求：15 分钟内赶到钓鱼台东门。

战友们掐表一算，从受领任务那一刻起至目的地有 30 公里。

"军令如山，没说的，走！"队员们全副武装，登上了摩托车。

此时，正午的气温高达 34 摄氏度。顶着毒辣辣的太阳，战友们加大马力，箭一般冲出营房。10 分钟后，护卫队准时出现在钓鱼台东门。之后，他们将国宾平安送达机场。

护卫国宾

烈日炎炎,头盔严严实实地戴在头上,武装带紧紧扎在腰上,加上齐膝长靴,热得队员们喘不过气来,脸涨得通红,后背被汗水浸得水淋淋的,但仍然快速而平稳地护卫着国宾车队向首都机场驶去。

坐在车上的贝宁总统索洛格看到,护卫队员们头戴密封的头盔,两手紧握车把,两眼目视前方,胸脯挺起,身姿威武挺拔。他们的后背上一片汗渍,腰带附近成了一条"水带"。

他被深深感动了。

为了表达谢意,贝宁总统索洛格委托外交部向护卫队的队员们转赠了 1600 法郎。外交部的同志知道后,也纷纷向队员们表示敬意,夸赞护卫队员们为祖国争得了荣誉。

1997 年 8 月的一天,埃及总统穆巴拉克结束对我国的正式友好访问,前往首都机场乘专机回国。

盛夏的北京,骄阳似火,柏油路上热气蒸腾。透过车窗,穆巴拉克总统看到负责护卫的摩托车队中,11 个雕像般的国宾卫士,汗水浸透了厚厚的礼服,但无一人抬手拭汗。

登机前,穆巴拉克总统对随行人员说:"我要与中国护卫队员合影留念,他们真是太棒了!"

冒严寒斗风霜雨雪

1992 年 11 月，结束对我国访问的智利总统离京，护卫队执行护卫任务。

就在前一天，北京下了一场小雪，银装素裹的北京变得婀娜多姿。然而，这美丽的景致对国宾护卫来说，可不是什么好事。

执行任务前，中队长就给大家打预防针说："昨天刚下了场小雪，地面会结冰打滑，大家要特别注意。"听了中队长的话，还是护卫队员的施霞光不由得紧了紧武装带，谢敬先把头盔正了正。

护卫队出发了。踏冰凌，迎寒风，车队一路威仪整齐。

进入机场处的小弯道时，地面正好结了一片冰凌，驾车行在施霞光前面的谢敬先，车后轮一摆发生了侧滑。在每小时 100 公里的车速下，摩托车转弯都比较危险，更何况地面结了冰。

紧跟其后的施霞光见谢敬先发生了侧滑，陡然紧张起来，心一阵怦怦急跳。

遇到这种情况，任何一个队员的第一反应就是，用训练中所学的"脱刀战术"予以应急：两脚撑地，保持车身平衡，同时减慢车速，在控制车速和稳定度的前提下，慢慢向前滑行，使车身不再来回摆动，逐步恢复到正常的行驶状态。

谢敬先虽然采取了"脱刀战术"，膝盖、马靴一直在地面上磨着，车速也从每小时 100 公里慢慢地减下来，但摩托车在巨大的惯性作用下，车身仍在不停地加大倾斜度……

刹那间，施霞光看到谢敬先的摩托车已几乎快侧倒在地，谢敬先弯下腰用肩膀着地，支撑着车后轮，右手一直在轰油。

到了最后，谢敬先用头部、肩部和膝部交替顶着地面，支撑着身体往上挺，把车身稍微抬起了一点。就这样，谢敬先一直用自己的身体顶着，不让摩托车倒下来。

谢敬先知道，为保持队形整齐，国宾车队是一辆接一辆，直线行驶，不容许有明显偏差。一旦自己的摩托车倒下，后面的战友就会撞上来，那时，就不是简单的交通事故了。

谢敬先忍受着剧痛，努力控制住摩托车，使它滑向路边，好让后面的车队顺利通过。但车速已经降了下来，后面的护卫车也已经紧跟了上来。眼看施霞光直线行驶的车就要撞上谢敬先已近倒地的摩托车。

就在这时，谢敬先的车往旁边一闪，施霞光的车呼的一下刚好驶过。

车队安全到达机场后，施霞光想：谢敬先刚才头顶着地磨着，不知现在情况如何？战友遭遇险情，队员们都心急如焚，队长一马当先地带领众队员急速返回。

在出事地点，谢敬先已被过路群众扶起。众队员们赶来后，首先映入眼帘的是：谢敬先的头盔已磨损穿透，露出里面杂乱参差的纤维。

有人具体测量了一下，从谢敬先的摩托车倒下滑出，一直到停下，此间的距离整整128米。

谢敬先摔倒后，肩、肘、膝部都受了重伤，部队授予他三等功，但他从此不得不离开了心爱的护卫岗位。

1998年11月21日，当年的第一场大雪喜降京城，到处一片白雪皑皑的景象，街道上的积雪有十几厘米厚。雄伟壮丽的故宫在白雪的映衬下显出几分妖娆，北京的空气显得格外清新。

但是，护卫队员们却不喜欢这样的天气。在这样的天气下出任务很容易出问题，虽然有一身硬功，但他们也不喜欢以国家荣誉为代价来炫耀。

但是，就在这一天，加拿大总理结束了对华访问，准备回国。

护卫队奉命再次出征。出发前，队员们互相提醒雨雪天驾车的要领，队领导反复强调要注意安全。

国宾护卫队从国贸大厦出发，护卫着国宾车队驶向首都机场。

天气开始时还只是阴天，但国宾车队到了三元桥时，路上就已经落了一层薄雪，再往前走，雪就越下越大，路上的积雪也越来越厚。

护卫国宾

护卫队队长吕延伟驾驶着头车把速度减下来,小心谨慎地观察前方的情况,同时命令身后的队员,精力要高度集中,防止车轮打滑。

国宾车队接近高速公路收费站时,护卫队员头盔上的挡风板已经被厚厚地封住了,他们就拉开了挡风板,把整个面部暴露在寒风里。这个时候,所有的队员都是凭感觉开车,他们眼前的视线基本上被风雪模糊了。

就在国宾车队要通过收费站时,在前面开路的两辆警车开始减速,没想到路打滑,一脚刹车踩下去,车头就来回摆动,最后横停在路当中。

后面的国宾护卫队一看慌了,此时刹车已经来不及了,只要一踩刹车,所有的摩托车就会与开路警车撞在一起。

于是,队长吕延伟迅速摆动车头,后面的队员心领神会,利用分车的技术动作,使"V"字形车队分成两路,从警车的两翼飞速而过。

即使是在正常的天气,这个技术动作难度也很大,容易因车身倾斜太大而滑倒,在下雪的天气里,危险性更大。

但是护卫队员所能选择的也只有这一条路,他们用自己高超的技术和超人的胆识,成功地避免了一起重大的撞车事故,也让外宾领略了中国国宾护卫队过硬的本领。

在一个大雪纷飞的冬日,加拿大总理克雷蒂安结束了对我国的正式友好访问准备离京回国。

7时多，国宾车队从国际饭店出发。一路上，队员们为了不影响视线，全部拉开了头盔挡风板，把面部暴露在风雪中，两眼紧紧盯着前方。

行至首都机场高速公路收费站时，雪越下越大，驾驶前导车的护卫队长吕延伟一面命令队员集中精力防止发生意外事故，一面采取了减速措施。

可是，由于路面太滑，前面的开道警车出现摇摆。紧跟其后的国宾护卫摩托车只要一踩刹车，便会与开道警车撞在一起。

吕延伟果断掉转方向，后卫队员也立即改变队形，引导护卫着主宾车绕开障碍顺利通过。

目睹风雪中的这一幕，克雷蒂安总理激动地打开车窗，向护卫队员们竖起了大拇指。

有一次，葡萄牙总理结束对中国的访问即将回国，护卫队员驾车停在国宾馆东门外等候出发。

此时，天上正下着小雨，雨虽然不大，但足以把人们浇湿。然而，出于外交礼仪的需要，护卫队员们都没有穿雨衣。雨水先在厚厚的毛料礼服上结成细密的水珠，然后又浸透了礼服，礼服变得潮乎乎的。

国宾们打着雨伞走出国宾馆，登上汽车。葡萄牙总理在伞下停了一下，他发现队员们都没穿雨衣，眼睛里露出惊讶的目光。

"出发！"队长一声令下，乳白色的摩托车在地面上

护卫国宾

画出一道美丽的弧线，护卫着国宾车队驶出国宾馆。11名队员如离弦之箭，直奔首都机场。车后流下一道道闪亮的水线。

车速越来越快，雨越下越大，队员们的衣服很快湿透了。

葡萄牙总理的目光一直注视着车窗外，注视着距车始终保持1.5米如雕像一般的护卫战士刘西迎。

为了观察路面，队员们的面罩都没有关上，雨水打在脸上，顺着额头流到脸颊。刘西迎全然不顾。冷风吹起衣角，猎猎直响。刘西迎在摩托上岿然不动，腰身挺直，不摇不摆。

威武的形象、严明的纪律、过硬的作风，让这位异国总理肃然起敬。

到了机场，葡萄牙总理没有直接登机，而是走过来与小刘握手，并招呼摄影师要与队员合影。

"咔嚓"一声，葡萄牙总理的身旁留下小刘甜美的微笑。

事隔不久，一个记者要拍个杂志的封面，让队长推荐一名队员。队长讲了刘西迎的故事，记者说葡萄牙总理看中的人肯定够水平。

照片拍出来了，被几家报纸杂志采用，谁看了照片都说这小伙子像个形象大使。

发生突发事件冲锋在前

1995 年 5 月，马来西亚总统访华，国宾护卫队奉命执行护卫任务。

当国宾车队行驶到蓝岛大厦商场的路口时，国宾护卫队员王清波驾驶着摩托车，前面的车辆带起了一块石子正好飞到他的脸上。虽然只是一块小石子，但在极高的速度下也像弹片一样厉害。王清波的脸上顿时鲜血直流。

车队正在行驶，不可能停下来处理伤口，王清波忍着剧痛一直坚持到完成任务。

马来西亚总统下车时看到王清波脸上的红色血痕，通过翻译问是怎么回事，翻译告诉总统说是石子打的。总统被感动了，离京前对记者说："中国的国宾护卫队真了不起。"

在国宾护卫过程中，什么事情都可能发生，类似的"小石子事件"并不新鲜。遇到这样的事情，凭借强烈的责任心、精湛的驾驶技术和顽强的毅力，队员们都能妥善处理。

1997 年 9 月的一次护卫勤务中，由于北苑一带正在修路，护卫队从营地出发时，从一片乱石子中驶过。

右护卫郭希雷的摩托车被前面一辆摩托车激起的碎

护卫国宾

石子击中了底壳，造成发动机底壳漏油，直到赶至机场才发现油箱里的油已经没了，不能从机场护送国宾去钓鱼台国宾馆。

而此时，离就位时间只有 25 分钟。国宾护卫队长果断地命令在家机动待命的老队员刘光利火速赶到机场。

从国宾护卫队营地到机场，有三四十公里路，而此时交通比较堵塞，在机场外的部队首长们心里十分着急，都担心刘光利不能准时到达。

然而，不到 15 分钟，大家就看到刘光利驾驶着摩托车远远地驶来，像一阵风一样，精湛的技术让在场的人赞叹不已。

在执行护卫任务过程中，护卫队员们经常会遇到一些有惊无险的事情。即便如此，如果这些事情处理不当，也会造成不良的影响。

有一次，国宾车队行驶到朝阳医院路口时，路口中央的一个大吊灯突然掉了下来。此时，护卫队队长吕延伟驾驶的头车刚过路口，吊灯正好砸在他摩托车的后轮上，发出"砰"的一声巨响。

吕延伟迅速从反光镜里观察了一下，发现并没有造成太大的破坏。无论什么原因使吊灯掉下来，即使突发事件造成一定损坏，车队也不能停止，无论付出多大的代价，必须立刻冲出危险地带。

于是，吕延伟没有放慢速度，继续前进，他后面的队员心领神会，也丝毫没有犹豫，车队几秒钟内就通过了路口。

坐在国宾车队主车里的外国元首虽然也看到前方掉下一个东西，但见摩托车护卫队沉稳冷静，仿佛什么事情也没发生一样，元首也就没有当成一回事儿。

在执行护卫任务过程中，护卫队员们始终把国家荣誉和军队盛誉放在第一位，而把个人的生死放在第二位。当危及国宾安全的突发事件发生时，他们总是冲锋在前。

他们深知，假如国宾护卫队员在突然发生的情况面前手忙脚乱，来了个急刹车，必然引起一阵慌乱，给外宾造成一种紧张氛围，弄不好还会在急刹车中发生意外，影响车队顺利行驶。

护卫国宾

冷静面对意外情况

1997 年 5 月 15 日，法国总统希拉克访华。国宾护卫队奉命执行护卫任务。

机场的欢迎仪式结束后，国宾们登上汽车，在国宾护卫队的护卫下向北京城区驶去。

当国宾车队刚离开机场行至高速公路收费站时，一件意外的事情发生了。

当时，国宾车队以每小时 140 公里的速度行驶，队员岳伟突然感觉到摩托车剧烈地颤抖，车身左右晃动，摩托车就像一匹脱缰的野马一样难以控制。

队长施霞光在后视镜中看到，岳伟驾驶的摩托车车把左右摆动，像是把握不稳了。

见此情况，施霞光想：是他的车把失灵了，还是前轮胎没气了？如果实在不能随车队继续前行，只好把他撤下来，在路边修好车，把轮胎充足气后再追上车队。

当时车速是每小时 120 至 140 公里，各车之间按规定须保持一定距离与队形，绝不能拉长或缩短前后距离，即使略有左右摆动，也不能大于 5 厘米。

此时，岳伟凭感觉断定是轮胎没气了，但他又不能退出车队，因为他护卫的正是希拉克总统乘坐的轿车，一旦退出，总统会以为发生了什么意外，就会影响整个礼宾仪式。

他的判断是正确的。虽然在去机场之前，队长施霞光对每辆车都进行了认真细致的检查，而且用气压表逐一测量，所有的气压都很正常。但在行驶过程中，岳伟的摩托车因为路面坑洼不平，颠簸严重，真空的前轮轮胎变形了，造成轮胎漏气。

这突如其来的情况让所有队员的心都悬了起来。

在这关键的时刻，岳伟凭借平时训练出的高超技艺，努力控制住摩托车。他用力握紧车把，牢牢控制住护卫车的状态，同时加大油门提速，克服轮胎因变形产生的阻力。虽然车辆出现故障，但他的摩托车始终与其他车保持了严整的队形。

这不仅需要娴熟技巧，也要使出很大的力量。很快，岳伟就感到两臂酸痛麻木，尤其是拐弯的时候，车轮打滑，很难掌握车身的倾斜度。

当行至老迎宾路线左家庄路口左转弯时，队员们高悬着的心提到了嗓子眼。高速行驶的摩托车转弯是有些危险的，一旦失控，摩托车就会像炮弹一样射出去，而岳伟的车此时却因为出现了故障，车把难以转动。

岳伟没有慌张，他左手使劲儿地往后拽，右手往前推着转过弯后，又十分费劲儿地把握着车把前行。就这样，他一直使劲儿别着前轮，坚持把车开到钓鱼台。

在前胎漏气的情况下，岳伟驾着他那辆重达 475 公斤的摩托车坚持行驶了 10 多公里没有掉队，这是由于平

护卫国宾

时严格的训练，才练就这过硬的技术。

车队停下后，正欲问岳伟情况怎么样的施霞光还没开口，就看到岳伟的前胸后背全都湿透了。时值 3 月，天气并不太热，可他却如此大汗淋漓，可见他一路上用了多大的劲儿，心情多么紧张。

车停下后，岳伟两手还一直握着车把，十根手指都僵硬得松不开了，好不容易离开了车把，两胳膊还哆嗦了半天，才从那个紧张使劲儿的惯性状态中缓和下来。

全力避免交通事故

1998年2月13日，巴基斯坦总理穆罕默德·谢里夫圆满结束对我国的访问，从钓鱼台国宾馆出发去首都机场，准备乘机回国。

国宾车队在城区内以时速120公里行驶，11时20分到达东单路口。就在这时，意外的情况发生了。

一辆公交汽车突然从崇文门内大街驶出，正准备向东行驶。担任头车的护卫队队长吕延伟紧急按响喇叭。公交车发现身后的国宾护卫队时已经开到路口，司机想退回去已经来不及了。长长的车身子歪横在路口当中，像一面墙一样堵在那里。

此时，如果吕延伟紧急刹车，就会因为车速太快，在惯性的作用下不可避免地与公交车相撞。而且，会引发更大的事故。

头车的职责主要是观察前方路面的情况，向后面的队员下达指令。头车紧急刹车，就是无声的命令，所有的队员就会一起行动，采取紧急刹车，那样很可能乱作一团。

紧急关头，吕延伟的摩托车头朝里一拐，画出了一个"S"形大转弯，避开了拦在路中的公交车。跟在吕延伟身后的右前卫许健宁和左前卫刘光利两名老队员反应

护卫国宾

迅速，急转车头，紧贴着公交车身也来了一个"S"形滑了过去。整个过程就像电影里的特技镜头一样，让马路两边的观众惊异地张大了嘴巴。

坐在车里的谢里夫目睹了这一幕，禁不住倒吸了一口凉气，赞叹不止。

当国宾车队到达机场后，谢里夫走出轿车，快步来到国宾护卫队员身边，紧紧地握住他们的手，向他们表示敬意。他还在飞机前与他们合影留念。

护卫队员们的良好作风和过硬素质不仅让谢里夫总理惊叹不已，也给许多到访的国宾留下了深刻的印象。

1998年6月8日，意大利总统抵京，国宾车队经过建国门立交桥时，因为交通堵塞，国宾车队速度不得不放慢。

这时，有一辆合资企业的黑牌子车企图从国宾车队中穿过。当黑牌子车驶到护卫队员王旭身边时，王旭伸手抓住黑牌子车的反光镜用力一搂，黑牌子车司机见势不好，急忙刹车。

就在对方刹车的瞬间，王旭的摩托车飞速而过，后面的队员紧跟在王旭的身后。

如果他们没有默契的配合，这种情况很容易引起交通中断，影响国宾车队的顺利行驶。

四、 奉献祖国

● 无论什么时候走进这个班，人们都会发现，班里所有物品的摆放都是那么井井有条，被子整得很标准，柜子里的物品整齐统一。

● 段永恒的妻子说："你该干啥就干啥，俺不耽误你的正事。"

● 看着从锅底浮出水面的饺子，队员们只是笑着咂咂嘴、摇摇头，便迅速出发了。

老兵发挥带头示范作用

1998 年 6 月 26 日，美国总统克林顿访华。由于中美之间的复杂关系，此次访华引起世人的关注。

为顺利完成此次任务，国宾护卫队在挑选担负护卫任务的队员时，非常慎重，特意把一些老队员都用上了。

已经当了 13 年兵的志愿兵段永恒虽然正在办理转业手续，但一听说中队正为护卫任务犯难，就主动请求上勤。

26 日 20 时，11 名老兵精神抖擞地坐在护卫车上，守候在首都机场门外。他们的礼宾服、衬衣、绶带、领带、皮鞋、袜子、手套、警衔，全是崭新的，神色非常庄重。

当总统乘专车驶出机场，国宾护卫队迅速展开队形，护卫在车队两侧。动作洒脱有力，一个个英姿勃勃，威风凛凛。

国宾们不会知道，那个紧紧护卫在主车左侧的队员叫段永恒，这是他最后一次执行护卫任务了。在国宾护卫队的大事记上，记载着他离开警营的最后一次执行的任务，就是护卫克林顿总统。

在国宾护卫队，因为志愿兵的技术好，值勤经验丰富，所以每次的护卫任务，队领导都安排志愿兵上勤，尤其是一些重大的护卫任务，只要老志愿兵上勤，干部心里就很踏实。

每年新老兵更换时，都是护卫队执勤力量紧张的时候。新兵刚刚完成训练，近期不敢让他们上勤，他们还没有完成特殊环境里的训练，有些训练课目要等到来年开春才能开始，而老兵又面临退伍，所以常常人手不够。这个时候，即将脱下军装的老兵总是又顶上来。

老队员石建强是1988年的兵，由于患有腰椎间盘突出病，越来越不适应在国宾护卫队工作，只好调到了河北总队。他是1998年11月离开国宾护卫队的。但是在国宾护卫队的大事记上，却记载着他11月15日还上勤的事，可以说是站完了最后一班岗。

老队员李凯是老兵班的班长，这个班共有10名志愿兵，都是七八年以上兵龄的兵了。这些精兵强将集中在一个班，按照常人的想象，一定是比较难带的。

然而，这个班却没有老兵的一些不好的习气。无论什么时候走进这个班，人们都会发现，班里所有物品的摆放都是那么井井有条，被子整得很标准，柜子里的物品整齐统一。而几个老兵，也永远都一个个站得很正规，就像新兵那样认真而谦逊。

班长李凯对自己的这个班很自豪，他觉得他这个班长并没有太大的作用，因为班里的战士大都比他的兵龄长，而且都曾经当过好几年的班长，该怎么做都很清楚，也很自觉，根本不用他提醒。

奉献祖国

老兵班不仅班里的卫生是队里最好的，他们的训练也是最刻苦的。每次集体训练，老兵们都和新兵一样在操场上流血流汗。支队组织考核，老兵班代表国宾护卫队参加，每次都在全支队夺魁，让新兵们心服口服，让其他中队的老兵望尘莫及。

班长李凯在 1996 年曾喂过一年猪，是他自己要求去猪场的。那时，中队正缺饲养员，中队的猪场在支队是较差的，他就想让猪场变个样子。

李凯每天蹬着三轮车去几个泔水点拉泔水，最远的30 多里路，经常半夜还在拉泔水。

夏天，由于太热，猪长得慢，李凯就每天坚持给猪洗澡，还抽出时间去菜市场捡些剩菜叶。结果，国宾护卫队养猪场的卫生，以及猪的质量，在全支队拿了第一名。

在国宾护卫队，老兵们处处抢在新兵的前面，表现出一个老兵的崇高风范。每天早晨，老兵们在楼前楼后清扫环境卫生，而站在楼前的自卫哨大多时候都是挂着志愿兵衔的老兵。

中队最老的兵刘光利，遇到重大勤务，他每次都参加。同时他又兼任车辆保管员，在护卫队上勤前，都要对所有的摩托车检修一遍。有时干部查铺，看到他的铺上空着，在车库里就一定能找到满身是油的他。

在国宾护卫队里，有一点战士们都非常自豪，那就是新兵和老兵年龄虽然相差很大，但工作却一样干。

1996 年的新兵在接受记者采访时骄傲地告诉记者说：

　　我们中队和其他中队最大的区别就是老兵比新兵还要辛苦。护卫任务都是老兵们执行，我们这批护卫队员刚训练出来，还不敢让我们单独执行任务。除去护卫任务，其他工作老兵们也干，干得比我们还多。那次到国安剧院给总政首长上礼宾哨，十几个老兵穿上礼宾服，肩上的礼宾警衔都是中士，他们精神饱满，挺胸抬头，在剧场的门外一站就是 5 个小时。谁从他们身边走过，都不会相信他们是 10 多年的志愿兵了。

　　而国宾护卫队的老兵们却都说："我们无论多老，始终是一个兵，是兵就应该有兵的样子，尤其是老兵，更要为新同志做出样子。"

奉献祖国

丈夫都欠妻子的感情债

老队员段永恒 1998 年 6 月转业，他几年没有回家与妻子、儿子团聚了。

1997 年春节，妻子带着孩子来到中队，想在一起过一个团圆年。但是，妻子刚来队，还没有和他说几句话，正赶上他上自卫哨，他二话没说，扎起腰带就走。

儿子看到他站在楼前的哨上，不知道他在干什么，就抱住他的腿央求带自己去玩。段永恒对儿子说："乖儿子，回家去，爸爸在工作，你长大就明白了。"

但是，儿子不听他的话，拽着他不放。此时正巧支队长等一些干部到中队看望战士们，段永恒的妻子发现后，急忙把儿子拽回家，骂儿子不懂事，气愤地把儿子打了一顿。

她担心儿子拽拉段永恒的时候被领导发现，本来她来队的时候段永恒就不同意，是她自己做主来的，来后对段永恒说："你该干啥就干啥，俺不耽误你的正事。"

和段永恒的妻子一样"打游击"的军嫂在护卫队里不在少数，其中就有岳伟的爱人。

岳伟是 1990 年 3 月入伍的，河南省驻马店人。刚结婚一年，妻子自己独住一处，经常打电话给他，今天遇到了这个困难，明天遇到了那个麻烦，但是不管她说什么，岳伟都回不去。

结婚前，岳伟妻子的几个同学就劝她，说不要找当兵的，当兵的不管是国宾护卫队还是什么仪仗队，都一点儿不浪漫，他们不知道浪漫是怎么回事儿，而且两地分居，日子难熬着呢。但岳伟的妻子依然义无反顾地嫁给了军人。

妻子来队虽然只住了 7 天，但是岳伟也没有拿出专门的时间陪她，还要上哨和参加临时勤务。

每次上哨的时候，妻子一个人在屋子里感到很闷，总是跑出来看他，一会儿看一次，盼他早点儿下哨。

有时志愿兵晚上还要上哨。后来志愿兵们觉得半夜把他们叫醒，影响老婆的情绪，于是大家相互帮助，让来家属的志愿兵白天多上一班哨，没来家属的志愿兵夜里上哨。

杨旭是 1989 年 3 月入伍的，老家是山东梁山。他已经 28 岁了，对象是一个小学教师，两个人已经谈了两年了，由于他一直没有时间回去，结婚的事一拖再拖。

后来，对象给他发来"最后通牒"，限他 3 天之内回去了结此事，给她个"说法"。

指导员唐孝成得知后，立即和中队长商量，说无论如何也要将杨旭从护卫队调下来几天，让他回去一次。

在杨旭回家的时候，指导员代表全中队给杨旭的对象写了一封信，请杨旭带去全中队的祝愿和歉意。

杨旭风风火火地赶回去，与未婚妻进行"谈判"。未婚妻说:"我这儿没什么,知道你抽不出时间,但是我父母想不通,你做他们的工作吧。"

于是,杨旭便与岳父岳母谈了一个晚上。岳父岳母认为,杨旭和自己的女儿拖了这么长的时间,如果不能结婚就早点儿分手,如果想结婚就尽快把事情办了,这样拖下去,两个人的岁数都不小了,街坊邻居总是胡乱议论。

明白了两位老人的心思,杨旭就对老人作了保证,说他和未婚妻的关系不会再变了,年底一定结婚,但是这次不行,这次的假期只有4天,回去还有护卫任务。

后来,因为执行任务,他的保证没有兑现,只好让中队干部给安排一个向岳父岳母做检查的假期。

虽然如此,但杨旭心里明白,到时候还是不能兑现保证。一方面,中队的志愿兵多,另一方面,春节前后的任务又比较频繁,许多人已经几年没有回家过春节了,尤其那些已经结婚的志愿兵,有的还一次也没有见到自己的孩子。而自己还没结婚,就只能往后拖了。

这一年,队员张增军的妻子就要分娩了。接到消息,队领导特意让张增军回家看看。张增军兴冲冲地回到家,看到了妻子已经隆起的肚子。

张增军高兴地把耳朵贴在妻子的肚子上,听里面小生命的心跳声。突然,他感到好像被什么东西给撞了一下,抬起头来诧异地望着妻子。

妻子笑眯眯地说:"小家伙和你一样好动,着急要出来，拿脚踢我的肚子呢！"

张增军这才明白，是小生命在和自己打招呼。

"给孩子起个名字吧！"妻子一脸幸福地说。

"起个什么名字呢？"张增军有些犯难了，这名字要跟人一辈子，可不能小看啊！像所有的父母一样，张增军和妻子为起名字用尽了脑筋。小两口琢磨了一天也没能给就要出世的孩子起个好名字。

就在这时，张增军接到要他归队的电报。看到张增军手里的电报，妻子哀求着说："能不走吗？我要生了！"

张增军虽然割舍不下，但作为国宾护卫队员，他深知，他们每一次执勤虽然只有 11 名官兵，但他们代表的却是 13 亿中国人民；他们的肩牌上虽然是警衔，但他们承载的则是祖国和人民的重托。

张增军没有说话，直愣愣地看着妻子的肚子，叹了口气。妻子知道，张增军肯定是要走了。

就这样，才回家两天的张增军挥泪告别妻子返回中队。

此后，在孩子出世的一年间他只回过一次家，又只待了两天。妻子赌着气跟孩子自言自语："你爸爸总是这么匆匆忙忙，你干脆就叫个'匆匆'算了。"

后来"匆匆"来部队探亲时，队员们都很纳闷，孩子怎么叫这么个名字。在得知其中的苦衷后，指导员建议说："叫'聪聪'吧。"

为了祖国，为了军队，国宾护卫队的队员们奉献出

奉献祖国

099

了自己的热血和青春。

生活中的不方便对于队员们来说没什么，让他们最揪心的是家中的父母双亲和妻子儿女。他们为支持自己工作，付出了许多。

1990年春节前的一天，队员李付云的爱人抱着孩子从河南老家来到了部队。她没有找李付云，而是直接找到了队长王申。

"大哥，您说怎么着？俺这次是来和付云离婚的。他3年不回一次家，把家里全扔给俺一个人，这到底安的什么心？"说着，就哭了起来。

王申赶忙接过孩子，安慰她道："大妹子，这事怪不上付云。他的技术好，勤务又多，又赶上训练新队员，是我不让他走的，要怪你怪我好了，我向你道歉。"

好在军人的妻子一般都贤惠，肚子里的苦水一倒，满天乌云便消失了。

原国宾护卫队队长王峰先后两次推迟婚期，最后又定在1985年10月。

家里按当地的风俗给他定下了成亲的日子，并给亲朋好友下了请柬。可到了举行婚礼这天，左等右等不见他的身影。原来护卫队临时接到一项紧急任务，婚事再次成为泡影。

姑娘实在等不下去了，索性来到部队举行了婚礼。

几年后，王峰的爱人随了军，有了孩子，家在咫尺，他却很少回去。问他家里米面油盐放在哪里他都不知道，可问起他哪辆护卫车有毛病，他却说得头头是道。气得妻子直埋怨："你这个甩手掌柜当得可真有水平。"

队员韩守宏的妻子怀孕后，妊娠反应厉害，有时吐得直不起身子，躺在床上连水都喝不下。孩子分娩时，遇上难产，要动手术，他没在身边。医生喊丈夫签名，没人答应，送他妻子的同事只好代替签了名。等他回去时，孩子早已来到人世 10 多天了。

对于这些让自己感到亏欠妻子的地方，韩守宏说："军人也是血肉之躯，没有什么特殊的地方。只不过为了护卫任务，做出了一些应该做的牺牲。"

用护卫队员们的话说，谁都有本难念的经，说多了没劲。看看这几年的成绩，什么苦什么累都没有了。

奉献祖国

好军嫂独自撑起家庭重担

这天，护卫队指导员讲完教育课，然后要求战士每人交 6 块钱，中队统一购买听课笔记本。课后，老队员刘光利来到指导员宿舍，样子像是有事，却总不说，只说一些无关紧要的事情。

指导员唐孝成就觉得奇怪，直到刘光利离开后，指导员才猛然想起来，立即把刘光利又叫来了。

指导员问刘光利："你买笔记本的钱交了吗？"

刘光利犹豫着说："指导员，还必须要买新本吗？"

指导员就笑了，说："你刚才来是不是要说这件事，还说不出口呀？"

刘光利的脸就红了。指导员立即从抽屉里拿出一个笔记本给他，说："你不要买了，把这个拿去用。"

刘光利接了笔记本，竟有些激动，说道："指导员，我一定好好学。"

刘光利是 1986 年 12 月入伍的。他的老家是山东省滨州市，家中有一个老母亲、妻子和一个 6 岁的儿子，生活很困难，战友们从来没有看见他乱花一分钱。

平时，他不抽烟不喝酒，连洗头膏都不买，过去都是用洗衣粉洗头，现在是用肥皂。据说他回家探家时，住了 45 天，一家人只吃了二斤油和二斤肉。

对于家里的困难，刘光利从不向中队提，虽然指导员和他是同一年的兵，用他自己的话说："虽然我们是同年的兵，但是，他是指导员，我是一个老兵，服从命令是军人的天职。"

和刘光利一样，他的妻子也是一个顾全大局，从来不拖丈夫后腿的好军嫂。

刘光利在家乡的房子是两间西厢屋，而且是草房子，长年失修，屋顶的木梁断了，屋脊塌了下来。到了雨季，屋子很潮湿。

有一年刘光利探亲回家，正赶上下雨，屋子到处漏雨，床上用塑料布和脸盆接雨，只有一小块地方不漏，让儿子躺在那里睡觉，她和刘光利就站在墙角避雨。并不是不能修，而是修好的钱比盖一座房子还要多。为此，他省吃俭用，打算攒钱盖房子。

刘光利的妻子在老家，也是省吃俭用。孩子病了，又哭又闹不吃饭，就买一袋方便面哄着，其他的就不舍得买了。

孩子两岁了，收麦子的时候，刘光利的妻子带着孩子下地干活。孩子在家受风感冒了，夜里发高烧，她只去拿了两片退烧药，孩子吃了药仍不退烧，迷迷糊糊地睡觉。

虽然一个人在家带着孩子，日子过得提心吊胆，但她并未因此吵着让丈夫回家。后来，因为家里的房子实在没法住了，这才领着孩子找到北京，让丈夫想想办法。

奉献祖国

刘光利的妻子是乘坐长途汽车来京的。到北京时，她给小队打电话，有人告诉她刘光利已经执行护卫任务去了，其他战士没有一个认识她，因为她是第一次到北京。

所以，直到刘光利值勤回来，才急忙去接她，这时孩子已经感冒了，正发着烧。回来后，刘光利带着孩子去支队卫生队检查，孩子发烧达 39.8 摄氏度，而支队卫生队却没有针了。他只好又打出租车去地方医院，花了100 多块钱。他的妻子心疼地说："打一天吊针，就要100 多块啊。"

妻子和孩子已经来了 6 天了，刘光利还没带他们出去玩，并不是中队不批假，而是刘光利怕出去花钱。

刘光利的妻子对他说："动物园要去一下，还要去天安门广场，孩子最想看的是天安门城楼。"

孩子在家的时候，经常对其他小朋友说："我爸爸在北京，我放了假到北京去。"每天晚上的新闻联播，他准时坐在家里的黑白电视机前，看电视里出现的天安门城楼，并指着告诉别人："我就要去这个地方，我爸爸就在这儿。"

暑假过去了，寒假也过去了，过了一年又一年，孩子的愿望终于实现了。

在孩子到北京之前，他跑到大街上，见了小朋友说"我要到北京了"，见了大爷大婶也说"我要到北京了"，那种兴奋的心情不知如何表达。

但是，当刘光利把孩子带到国宾护卫队的驻地北京北苑时，儿子四周看了看，对妈妈说："这不是北京，爸爸没有带我们到北京。"

　　刘光利的妻子在中队住了半个月就回去了，她说这是第一次来，也是最后一次来，因为刘光利第二年就转业了。

　　当年春节，刘光利依然没有回家与家人团聚。他说："她来过了，我就不回去了，有许多老兵的家属还没有来队，让他们回去过年。"

奉献祖国

光环背后的朴素生活

一位外地青年从电视上看了国宾护卫队后，寄来了这样一封信：

> 从电视里看到你们护卫国宾的镜头，既威武，又潇洒，真美慕你们……你们都是城市里挑选的吧？一定住在小洋楼里，享受着优厚的待遇。

看过来信，队员们不禁哑然失笑。

国宾护卫队员除了任务的特殊性之外，生活上和其他中国士兵没有两样。住的是普通营房，拿的是一般的津贴费，生活中有苦有乐，有酸有甜。

吃顿饺子已成为普通家庭生活中的家常便饭，可对护卫队的队员们来说，有时却很难如愿。

一个星期天，队员们准备吃顿饺子。他们和好面，调好馅，八仙过海，各显其能，七手八脚忙得像过年。别看他们玩摩托车玩得得心应手，可包起饺子来却有些笨手笨脚，什么样的都有。有的像包子，有的像馅饼，有的软塌塌地堆在案板上，有的像金字塔一样戳在面粉里。

"管它呢，用皮包上馅就行！"队员们互相嬉笑着。

不像饺子的饺子刚倒进锅里还未煮熟，就传来一阵哨响："紧急集合！"

原来他们又接到了护卫任务。看着从锅底浮出水面的饺子，队员们只是笑着咂咂嘴、摇摇头，便迅速出发了。

两个多小时过去了，队员们完成护卫任务，拖着疲惫的身子回到了营房。他们想起锅里还煮着饺子，急忙跑到炊事班一看，饺子早已成了一锅面片汤。

在外人看来，威风凛凛的国宾护卫队员，他们的处境不可能这样尴尬。因此，他们执行护卫任务在首都机场待命时，经常遇到机场乘客询问他们，问他们的生活待遇多高。

就连机场的职工都问他们："你们一个月工资几千？"

每到这个时候，队员们或者微笑着不说话，或者淡淡地说："我这工作，每个月给1万也不换！"

在护卫队员们看来，这份13亿人中独一无二的荣誉是千金难买的！

在机场的职工看来，那些在机场打工的每月能拿几千元，在机场门口站岗的保安人员还拿一两千呢，我们共和国唯一的国宾护卫队自然要拿几千了。

事实上，国宾护卫队员的伙食费只比普通战士多1.8元，吃的也就是三菜一汤。

有一次，岳伟、王清波等护卫队员在机场待命的时

奉献祖国

107

候正赶上中午饭。他们十几个人每人拿着两个馅饼在吃，被机场的工作人员发现了。

机场的工作人员惊异地问："你们就这么委屈自己，买两个馅饼就对付一顿？挣那么多钱干什么？"

岳伟不好意思地解释说："我们在外执行任务，都是先凑合一下，回去后再好好吃。"

军委决定撤销国宾护卫队

2003 年 12 月 18 日，国宾车队摩托车护卫队接到任务，护卫应国家主席胡锦涛邀请来华访问的以色列国总统摩西·卡察夫从钓鱼台国宾馆到人民大会堂。

驾驶护卫队头车的是护卫队指导员陈鑫。陈鑫清楚地记得这是自己第 72 次执行摩托车护卫任务，也是武警国宾车队摩托车护卫队组队 19 年来第 1680 次担负摩托车护卫任务。

但他没想到，全体队员们也没想到，这是国宾车队摩托车护卫队最后一次执行任务。

12 月 18 日 15 时，11 名摩托车护卫队员像往常一样，提前两个小时就开始了戴护膝、穿马靴等准备工作。

17 时，队员们驾驶摩托车准时赶到钓鱼台国宾馆东门。由于勤务推迟 10 分钟，队员们列队等候。

接到启动摩托车的命令后，陈鑫通过车载电台向全体护卫队员发出命令："出发！"

于是，像往常一样，11 辆乳白色宝马摩托车呈倒"V"字队形，护卫着摩西·卡察夫总统乘坐的车队风驰电掣般疾驰而去。

到达目的地人民大会堂后，队员们列队肃立，等候摩西·卡察夫总统乘坐的主宾车驶过后，变换成一字队

奉献祖国

形，驶回驻地，结束任务。

这次执行摩托车护卫任务，只有短短五六分钟的车程，在队员们眼里是最平常、最容易完成的任务了。

谁曾想，四天后，他们得知了取消国宾车队摩托车护卫队的决定。

2003 年 12 月 22 日晚上，全体队员像以往一样集中收看中央电视台的新闻联播节目。

新闻主持人播发了新华社消息：

> 国宾车队摩托车护卫队将于 2004 年 1 月 1 日被取消。

鉴于在接待国宾来访时要安排摩托护卫就必须清出两条车道，同时封闭相关路段，给人民群众的出行带来很多不便。为方便市民出行，中央军委决定取消摩托护卫仪式，国宾护卫队撤销。

外国元首来访，必要的安全保卫是绝对需要的。但摩托车护卫并不承担治安保卫职能，而主要是种礼仪性安排，所以并非必不可少。而当时世界上多数国家已不再作此安排，所以取消为国宾车队安排礼仪性摩托车护卫也是"与国际接轨"之一。

北京市机动车数量早已超过 200 万辆，交通阻塞情况有目共睹。而摩托车护卫队的"礼仪"性质又决定了它对交通有着特殊需要，这样一来每年近 40 次的国宾来访，势必会加剧本已相当严重的北京交通拥挤状况。既然并非必不可免，不如下决心取消，以给北京市的交通状况减轻一些压力。

北京市有关方面提出限制私家车发展以解决交通拥挤问题，这样一种思路在全国范围内引起质疑。有评论家指出，与其限制私家车发展不如减少政府车辆数量及减少出行次数。

取消为国宾车队安排礼仪性摩托车护卫的做法，无疑为政府带头减少车辆数量及不必要出行提供了一个示范标本。在百姓权利与政府义务关系面前，这样一种先对自身行为进行约束的做法当可资各地方政府借鉴。

表面上看这只是减少一些车辆及不必要的出行，但其背后隐藏着的却是政府为谁服务、怎样服务的大问题。在该承担的义务面前，应当由谁先承担起义务，在权利面前又应当优先保障谁的权利，这绝不应是个小问题。

如果能够时时处处将群众利益放在最重要的位置，政府部门就能事事做到从维护群众利益出发，就能赢得百姓的赞许与拥护。将群众的好恶，于群众利益有益作为行政的出发点，应当成为各级政府、所有政府部门的工作准则。

尽管取消国宾护卫队是正确的决策，但是，对于国宾护卫队队员来说，心里面还是有些接受不了。大家听后都愣在那里，谁也不知道该说些什么。震动最大的莫过于队长施霞光，和队员们一样，此时的他也无话

奉献祖国

可说。

更让队员们难过的是，第二天他们就接到通知：

> 护卫摩托车立即封存，队员的训练立即
> 停止。

面对即将与伴随了 19 年的宝马摩托车分别，这一切是队员们一下子就能接受的吗？队长施霞光说，服从命令是军人的天职，现在队员们已经承受住了取消国宾车队的消息，心态非常稳定，都表示：

> 站好最后一班岗，以饱满的精神面貌迎接
> 新的任务！

其实，这种心态的转变要归根于中队的思想工作。施队长说，刚一听到取消国宾车队的消息后，以前一个个活泼朝气的队员都变得垂头丧气，都不相信这是真的。用护卫队员的话说：

> 那种感觉就好像失恋了一般！

特别是一些在护卫队里待了 10 多年的老兵，心里面更是失落，像丢了什么东西似的。

在护卫队里待了 15 年的老兵杨旭说："刚进护卫队

112

的时候，接受的教育就是'对车，就要像对待自己的女朋友那样关心，对自己的老婆那样爱护'！现在，一下子听说取消国宾车队，脑袋一下都蒙了，比失恋还难受！"

看着护卫队员的样子，中队领导挺着急。第二天就召集全队官兵，举办了一个"转变思想转变观念"的工作会议，专门给护卫队员解"疙瘩"。

通过中队领导的谈心，单个做思想工作，队员们才逐渐明白过来。

奉献祖国

护卫队员依依告别"宝马"

2003 年 12 月 24 日上午，艳阳高照。在国宾护卫队的营区，依然传出一阵阵高昂的口号声。在营区，依然是个个精神饱满的国宾队员。

队员们把摩托车一辆一辆推进了冰冷的库房，内心也凉冰冰的。

2003 年的最后一个早晨，在北京亚运村一处临街的不起眼的院落里，国宾车队摩托车护卫队员整齐排列，装束如昨——礼宾服、马靴、头盔。

不同的是，没有了往日出勤时的马达轰鸣声，不见飒爽英姿队员们脸上的生龙活虎。空气凝重，队列里鸦雀无声。

31 日 9 时 30 分，护卫队队长施霞光将队员叫到车库门前集合。他，最后一次以队长的身份给多年的战友讲话：

从明天开始，我们就不再担任护卫任务了，今天我们要最后看一眼我们的摩托车。这么多年，摩托车就像我们自己的爱人、恋人一样，它是我们的一位无言的战友。

说到这里，施霞光再也无法克制，面对到场的众多媒体和护卫队员，他流泪了。

在封车仪式上，所有护卫队员最后一次穿上了心爱的礼宾服，蹬上马靴，戴上头盔。与往日不同的是，飒爽英姿的战士们眼圈微红，看摩托车的眼神中充满了依依不舍。

战士们将摩托车一一从车库中推出排成四列，给老朋友做最后一次保养和擦拭。

阳光里，队员们开始了最后一次的擦拭。从天线开始，车子的每一寸地方都被队员们细细擦过，车灯擦亮了，白色的车身不能有任何灰尘，就连车挡风板下面没人看得到的地方也都擦得干干净净。

有的队员还拿出小刷子，把车头有小凹槽的地方也反复刷过。整个擦车的过程出奇地安静，没有一个人高声说话，小伙子们全部低着头最后一次默默地与"战友"进行着心与心的交谈。

锃亮的摩托车其实一点儿都不脏，但队员们比以往任何一次保养都要精心、细致。每一颗螺丝、每一根车条，前后车轮的每一道纹路，甚至连平时不怎么擦的车载电台也全部打开，细心至极。

10时，封存仪式正式开始，武警北京总队第五支队支队长刘会成向全体护卫队员们传达了国宾摩托车护卫队正式取消的命令。

刘支队长语重心长地讲道：

奉献祖国

虽然我们不再担任国宾摩托车护卫的礼仪任务，但是作为一名武警战士，国宾护卫的精神永远在我们心中，不管今后执行什么任务，我们都要永远做一名忠诚的卫士。

在仪式结束的最后时刻，护卫队第七任中队长施霞光和指导员陈鑫带领全体护卫队战士，面向自己无言的战友抬起右手，庄严地敬上了最后一个军礼。此时无声胜有声，所有的汗水、泪水、荣誉、骄傲、自豪都深深地融在了这个军礼中。

分别的当晚，全队举行新年会餐。

和往年的新年会餐相比，晚餐的气氛很沉闷，队长和指导员强作笑脸，想调节一下气氛，但换来的都是违心的笑。

大家只对一件事感兴趣，那就是摩托车的去向。当听说护卫摩托车将用于天安门地区的治安巡逻时，队员们显得略微高兴了一点儿，到天安门地区的机会总是有的，以后想自己的爱车了，就到天安门广场去，会重新见到它的。

在全队的晚餐上，队长施霞光对大家说：

今后不论咱们到哪里工作，国宾车队摩托车护卫队的精神都将伴随着咱们每一个人，这

116

种精神也是当过摩托车护卫队员的人的精神支柱。

摩托车入库的当晚，轮到队员孙登亮值班。

深夜，巡视到车库门口时，他冒着违反纪律的风险，打开了车库的灯。齐刷刷30多辆宝马R850RT警用摩托车一模一样。

站在门口的孙登亮一眼就找到了自己的那一辆。通过考试成为正式队员后，孙登亮就得到这辆崭新的护卫车，从那时起，人和车就每天厮守在一起。

别看是钢铁制造的摩托车，混得久了，它和主人就有了默契。闭着眼他都能感觉到它在哪里。孙登亮良久地望着自己的摩托车，直望得泪眼汪汪。

队员杨旭也是通过电视新闻得知取消摩托车护卫队消息的，那时他正在山东梁山的老家探亲，顾不得向家里人解释，他连夜起程回京。

到了车站，被告知没有车票，他没犹豫，买了一张站票上了火车。他不相信这是真的，他要回京与队员们核实一下。一路上，他坐在自己的行李包上眍着眼睛做梦，梦见那消息是假的。

前南联盟总统米洛舍维奇，对中国武警国宾护卫队情有独钟。他在结束了对我国的正式友好访问即将离开时，给国宾护卫队留下赠言：

奉献祖国

我到过许多国家，中国的国宾护卫队是世界一流的。

这由衷的感慨，是对国宾护卫队的最高褒奖，也是全体国宾护卫队官兵的共同追求。

国宾护卫队自 1984 年组建以来，他们以一流的形象、一流的纪律、一流的技术和一流的安全保障，先后为 400 多位国家元首、政府首脑担任过护卫，圆满完成了护卫勤务任务，行程 180 多万公里，安全执勤率达到了百分之百，为捍卫祖国的尊严和形象进行着不懈的努力，在"流动的哨位"上立下了赫赫战功。

中队先后荣立集体一等功 1 次，集体三等功 5 次，多次被上级评为"按纲建队先进中队"。

中国国宾护卫队的全体武警官兵因其地位的特殊和重要被誉为"士兵外交官"。他们以"士兵外交官"特有的风采，为新中国的外交事业做出了突出贡献，向祖国和人民交出了一份又一份合格的答卷。

荣耀不是无限的，辉煌不意味着永远。但是，国宾车队摩托车护卫队打造的"中华第一骑"这张钢铁名片，别人无法复制，这荣耀和辉煌的名片已经嵌进了中国的迎宾礼仪史。

参考资料

《军旗下的铁甲雄狮》陈辉著 金城出版社

《首都卫士》衣向东 巴根著 解放军文艺出版社

《中国特警部队秘闻》张浆 王慧编 北京出版社

《共和国金盾秘录》于辉编 团结出版社

《走向现代化的人民军队》黄宏 程卫华主编 人民出
版社

《共和国军队回眸》杨贵华 陈传刚编著 军事科学出
版社

《新中国军旅大事纪实》张麟 程秀龙著 湖南人民出
版社

《中华人民共和国军事史要》军事科学院军史所编
军事科学出版社

《五十年国事纪要》余雁著 湖南人民出版社

《中南海三代领导集体共和国军事实录》蒋建农主编
中国经济出版社